Hildegard Krahé

# Mondgesichter

# Mondgesichter

*Märchen, Mythen und Legenden von Sonne, Mond und Sternen*

Herausgegeben von
Hildegard Krahé

Illustrationen von
Karen Holländer

Gabriel Verlag

Nach den Regeln der neuen Rechtschreibung


Herausgegeben, teilweise übertragen und neu erzählt von Hildegard Krahé
Umschlag und Illustration von Karen Holländer
ISBN 3-7072-6578-1
Herstellung: Die Druckdenker GmbH, Wien
Gesamtherstellung: Druckerei Theiss GmbH, A-9400 Wolfsberg/Kärnten
Printed in Austria

## Inhalt

# Wie alles seinen Anfang nahm

## Die Schöpfung

*Nach der Überlieferung von Bogotá*

Als es noch Nacht war – und damit meinen die Muisca aus dem kolumbischen Hochland: ehe es noch irgendetwas von der heutigen Welt gab –, war das Licht in einem großen Etwas verschlossen, das sie Chiminigagua nennen und aus dem es am Ende hervorkam. Dieses Etwas oder Chiminigagua – sie verstehen darunter das, was wir Gott nennen – hub an, hell zu werden und das Licht, das es in sich barg, zum Vorschein kommen zu lassen. Dann begann es im Schein des ersten Lichtes die Dinge zu erschaffen. Zuerst schuf es große, schwarze Vögel und befahl ihnen in dem Augenblicke, da sie Gestalt angenommen hatten, durch die ganze Welt zu fliegen und aus ihren Schnäbeln einen Hauch auszuströmen, der reine, strahlende Helle war. Und als die Vögel getan, was ihnen befohlen war, wurde die ganze Welt so hell und licht, wie sie heute ist …

## Die Schöpfung

*Wie die Pima-Indianer sie sehen*

Am Anfang gab es da, wo jetzt Erde, Sonne, Mond und Sterne und alle übrigen Dinge dieser Welt sind, nichts. Lange Zeit hindurch ballte sich das Dunkel zusammen, bis es schließlich eine große Masse wurde, in der sich Erddoktors Geist bildete. Dieser trieb, wie eine Baumwollflocke vor dem Winde, hierhin und dorthin ohne festen Halt. Endlich beschloss er, da er sich seiner Macht bewusst war, sich eine feste Wohnstätte zu gründen. Daher nahm er von seiner Brust ein wenig Staub und machte daraus einen flachen Kuchen. Dann dachte er: „Irgendeine Pflanze soll erscheinen", und der Kreosotebusch war zur Stelle. Er stellte ihn vor sich hin, sah aber, dass er umfiel, sobald er seine Hand von ihm wegzog. Noch zweimal richtete er ihn auf, aber er fiel wieder um, bis er schließlich beim vierten Male stehen blieb. Damit kam auch der flache Staubkuchen, auf dem die Pflanze stand, zur Ruhe und der Erddoktor tanzte und sang auf ihm.

Jetzt schuf der Erddoktor schwarze Insekten, die schwarzes Harz aus dem Kreosotebusch erzeugten. Sodann schuf er die Termiten, die sich ebenfalls sogleich ans Werk machten und den kleinen Staubkuchen bis zum Umfang unserer heutigen Erde anwachsen ließen. Wieder sang und tanzte der Erddoktor und die Erde entwickelte sich weiter. Dann machte er einen Himmel darüber, damit er sie bedecke, und der Himmel war wie die runde Hütte der Pima geformt. Aber noch schwankte die Erde und dehnte sich, sodass sie sich nicht zur Besiedlung eignete. Da schuf der Erddoktor eine graue Spinne, die ein Netz weben musste, das die Kanten von Himmel und Erde miteinander verband. Jetzt erst war die Erde fest und dauerhaft.

Weiter wurde alles, was wir jetzt auf der Erde sehen – Wasser, Berge, Bäume, Gräser und Kräuter – geschaffen. Dann machte der Erddoktor eine Schale, goss Wasser hinein, und das Wasser wurde zu Eis. Er nahm den Eisklumpen heraus und schleuderte ihn gen Norden, wo er an der Stelle niederfiel, wo Erde und Himmel aneinander stoßen; sogleich erglänzte der Eisblock als die leuchtende Scheibe, die wir Sonne nennen. Die Sonne stieg eine Strecke weit am Himmel empor und fiel sodann wieder hinab. Erddoktor ergriff sie von neuem und warf sie gen Westen, dahin, wo Erde und Himmel zusammengenäht sind, und wieder stieg sie empor und glitt auf den Boden

hinab. Im Süden geschah dasselbe; als der Erddoktor sie aber gen Osten warf, stieg sie höher und höher empor, bis sie den Zenit erreicht hatte und nun wieder zum Westen hinabsank; und so ist es bis zum heutigen Tag geblieben.

Als das Abendrot verblasst war, wurde es pechschwarze Dunkelheit. Da goss der Erddoktor wiederum Wasser in die Schüssel, das zu Eis wurde. Er nahm den Eisblock und warf ihn gen Norden, wo er an den Rändern von Erde und Himmel, die die Spinne zusammengewoben hatte, niederfiel. Er wurde zu der glänzenden Scheibe, die wir Mond nennen. Auch der Mond versuchte, wie schon vor ihm die Sonne, nacheinander im Norden, Westen und Süden emporzusteigen, ohne dass es ihm gelang, bis der Erddoktor ihn nach Osten warf, von wo er sich erhob und bis zum heutigen Tage seinen Lauf über den Himmel fortgesetzt hat.

Als der Erddoktor sah, dass der Mond zwar genügend Licht verbreitete, solange er über dem Horizont stand, dass aber die Dunkelheit noch immer sehr groß war, sobald er verschwand, nahm er etwas Wasser in den Mund und spritzte es an den Himmel, wodurch die Sterne entstanden, und als das immer noch nicht genügte, nahm er seinen Zauberkristall, zerbrach ihn und warf die Stücke an den Himmel, wo sie die größeren Sterne bildeten. Dann ergriff er seinen Wanderstab, tauchte dessen Ende in Asche und zog damit quer über den Himmel einen Strich, den wir Milchstraße nennen.

## Die Schöpfung

*In der Fassung der Zuñi (Puebloindianer)*

Vor Anbeginn aller Dinge hatte allein Awonawilona, der Schöpfer und Allerhalter, Wesenheit. Sonst gab es nichts durch den weiten Raum der Zeiten als allenthalben schwarze Dunkelheit und öde Leere. Da fasste Awonawilona bei sich einen Gedanken. Der Gedanke nahm Gestalt an und trat in den Raum hinaus, und Wachstumsnebel, Dämpfe voll Kraft des Werdens, entwickelten sich und stiegen empor. Der Allerhalter aber verwandelte sich vermöge des in ihm wohnenden Wissens in Gestalt und Wesenheit der Sonne, die unser Vater ist. Und als sie erschien, erfüllte sich der Raum mit Licht, und die Nebel verdichteten sich und sanken, wodurch sich Wasser niederschlug und das weltumspannende Meer entstand. Aus dem Stoff seines Leibes, den er der Oberfläche seines Körpers entzog, formte der Sonnenvater den Samen für zwei Welten. Damit befruchtete er das große Wasser, und siehe da, in der Wärme des Lichtes wurde das Wasser des Meeres grün; Schaum erhob sich auf ihm, der Schaum wuchs in die Breite und Schwere, und endlich wurden daraus Awitelin Tsita („die vierfach bergende Mutter Erde") und Apoyan Taetschu („der alles bedeckende Vater Himmel") …

## Die Erschaffung der Welt

*Wie die Skidi-Pawnee-Indianer sie sehen*

Am Anfang war das Universum Tirawahut; seine Herrscher waren Tirawa, der Allmächtige, und seine Gattin Atira, das Himmelsgewölbe. Um Tirawa saßen die Götter und Göttinnen zu Rate und er sagte einem jeden, wo sein Standort sein sollte. Zu jener Zeit berührte der Himmel die Erde noch nicht.

Tirawa sprach: „Jedem von euch werde ich seinen Platz am Himmel geben. Einem jeglichen will ich Macht verleihen, denn ich will Menschen schaffen nach meinem Bilde, und diese sollen unter eurer Obhut stehen." Dann wandte er sich den einzelnen Göttern zu: „Die Sonne Sakura soll im Osten stehen und der Erde und allen Lebewesen Licht und Wärme geben. Der Mond Pah soll Licht spenden, wenn es auf Erden dunkel ist. Der Abendstern Tschuperekata soll im Westen stehen und der Morgenstern Operikata soll im Osten stehen. Der Nordstern Karariwari soll unbeweglich im Norden stehen; er soll der Häuptling aller Götter sein, die am Himmel ihren Platz haben."

Dann versammelte Tirawa die Sterne des Nordostens, Nordwestens, Südwestens und Südostens um sich und sprach: „Ihr vier sollt den Himmel tragen, solange er besteht. Eure Macht wird den Menschen bewusst werden, denn ihr sollt den Himmel mit euren Händen und die Erde mit euren Füßen berühren."

Als alle ihre Weisungen erhalten hatten, befahl er ihnen, ihre verschiedenen Standorte am Himmel einzunehmen. Nur die Sterne der vier Richtungen blieben noch bei Tirawa. Dieser wandte sich nach Westen und sprach zum Abendstern: „Ich will dir Wolken und Winde, Blitz und Donner senden. Sobald du sie empfangen hast, lass sie sich zwischen dir und deinem Garten aufstellen, dann werden sie sich in vier menschenähnliche Wesen verwandeln. Sie sollen Daunenfedern im Haar, ein Büffelfell als Mantel, einen Strick aus Büffelhaar als Gürtel und je ein Paar Mokassins tragen, und ein jeder soll eine Rassel in seiner rechten Hand tragen. Diese vier Götter werden es sein, die alle Dinge schaffen."

Die Abendsterngöttin empfing die vier und tat, wie ihr befohlen war. Tirawa sah es und war zufrieden. Er sagte dem Abendstern, dass jetzt alles bereit sei, die Erde zu schaffen. Er solle den vier Göttern befehlen zu singen. Währenddessen werde er einen kleinen Kiesel herabfallen lassen. Die vier Götter schwangen ihre Rasseln und sangen. Da stiegen Wolken auf, der Wind blies in die Wolken und Donner und Blitz fuhren in sie hinein. Die Wolken ballten sich über dem Raum, und sobald sie sich genügend verdichtet hatten, ließ Tirawa den Kiesel in sie hineinfallen. Der Kiesel wurde in den Wolken hin und her gerollt, und als der Sturm sich verzogen hatte, war der Raum allenthalben mit Wasser angefüllt.

Jetzt wurden den Göttern der vier Weltrichtungen, die noch um Tirawa saßen, Keulen gegeben, und Tirawa befahl ihnen, das Wasser mit den Keulen zu schlagen, sobald sie es erreichten. Dann hieß er sie an die ihnen zugewiesenen Standorte zu gehen. Sie taten es und schlugen, als sie das Wasser erreicht hatten, mit ihren Keulen hinein, sodass sich das Wasser teilte und die Erde sichtbar wurde.

Als die Erde geschaffen war, befahl Tirawa der Abendsterngöttin, die vier Götter, die sie bei sich hatte, abermals singen zu lassen; der Gesang sollte von der Bildung der Erde handeln. Als der Gesang anhub, stiegen die Wolken hoch, der Wind blies, Blitz und Donner kamen. Der Sturm raste über die Erde, der Wind fegte Regen herab und der Blitz schlug in den Boden und teilte ihm Leben mit. Und als der Donner die Erde erbeben ließ, glitt die Erdkrume dort, wo der Boden uneben war, an den Flanken der Berge hinab in die Täler.

Tirawa befahl weiter dem Abendstern, die Götter einen anderen Gesang anstimmen zu lassen. Diesmal sollte der Gesang von den Wäldern und vom Gebüsch handeln. Wieder fuhren Winde und Wolken, Blitz und Donner über die Erde dahin. Zwar waren schon Pflanzen der Erde entsprossen, aber es war kein Leben in ihnen. Als aber die Winde durch sie bliesen, der Regen auf sie fiel, der Blitz in sie schlug und der Donner über ihnen rollte, wurde Leben in ihnen erweckt.

Wieder befahl Tirawa dem Abendstern, die Götter singen zu lassen. Noch waren die Gewässer, die auf der Erde waren, nicht so, wie sie sein sollten. Tirawa ließ Wind und Wolken, Blitz und Donner längs der Ströme und Bäche, der Seen und Teiche dahinziehen. Und der Wind säuberte das Bett der Ströme, der Regen füllte sie, der Blitz fuhr in sie hinein und der Donner rollte in ihnen, sodass sein Widerhall von da an im Rauschen der Ströme ertönte.

Zum letzten Mal hieß Tirawa den Abendstern, die Götter singen zu lassen und Winde und Wolken, Blitz und Donner über die Erde zu senden, damit die Samen, die die verschiedenen Götter vom Himmel auf die Erde hatten fallen lassen, Wurzeln fassten und wüchsen. So geschah es, und wo immer die Götter Samen verstreut hatten, da verhalfen Wind und Regen, Blitz und Donner dazu, dass Leben in die Samen kam und dass sie zu sprießen begannen.

Als das alles geschehen war, gab sich Tirawa zufrieden und verbarg sich für einige Zeit, um sich auf die Erschaffung der Menschen vorzubereiten.

## Der himmliche Schmied und der Sänger

*Finnisches Volksmärchen*

Tief und dunkel, ohne Anfang und ohne Ende breitete sich der Himmel aus. Er war überall. In diesem Himmel wohnte Wanna Issa, der Älteste. Er war nicht allein. In dem tiefen dunklen Himmel lebten auch noch zwei Brüder, die Helden Wäjnämönje und Ilmarine. Sie waren so weise und geschickt, dass sich Wanna Issa ohne ihren Rat und ihre Hilfe gar nicht zurechtgefunden hätte. Wäjnämönje, der ältere, hatte die Gabe des Gesangs, Ilmarine hingegen vermochte alles, was durch seine Hände ging, vollkommen zu formen, er war ein wahrer Künstler.

Beide Helden kamen eines Tages zum Ältesten, um ihm etwas mitzuteilen, aber Wanna Issa war so in Gedanken versunken, dass er sie nicht hörte. Er starrte in die unendliche Finsternis, als ob er dort etwas sähe, und sagte schließlich: „Jetzt ist die Zeit zur Erschaffung der Welt gekommen!"

Wäjnämönje und Ilmarine blickten zuerst einander und dann den Ältesten an. „Du bist weise, Wanna Issa, und das, was du dir ausgedacht hast, entspricht deiner Größe. Die Welt schaffen, gut! Aber wie soll das geschehen?"

Der Älteste erklärte ihnen jedoch nichts weiter, und als die beiden schliefen, nutzte er die Zeit zur Erschaffung der Welt. Als die Brüder erwachten, sahen sie unten in der Finsternis die Erde.

„Nach dieser schweren Arbeit muss ich mich ausruhen. Bewacht inzwischen meine Welt!", sagte der Älteste und schlief zufrieden ein.

Die Brüder wachten und betrachteten das Werk des Ältesten. Doch was konnten sie schon sehen? Die Erde war wüst und von ewiger Nacht umgeben. Ilmarine schritt unruhig durch den Himmel. Er hatte die Arme am Rücken verschränkt und den Kopf gebeugt und schaute ab und zu auf die ungastliche Erde hinab. Schließlich hielt er es nicht mehr aus, eilte zu einem Gluthaufen, warf ein riesiges Stück Eisen hinein und fachte mit einem Blasebalg das Feuer an. Wäjnämönje sah dem Bruder ernst und schweigend zu. Sein Gesicht wurde von der Glut rot überstrahlt und in seinen Augen spiegelten sich die Flammen wider.

Als das Metall endlich glühte, warf Ilmarine es auf den Amboss und begann es mit dem Schmiedehammer zu bearbeiten. Immer wieder sauste der Hammer herab, und aus dem Eisen wurde ein gewaltiger Bogen, dessen

Enden irgendwo in der Unendlichkeit verschwanden. Schließlich warf Ilmarine den Schmiedehammer weg und wartete, bis der Bogen ganz ausgekühlt war. Dann hob er ihn vom Amboss und ließ ihn hinab. Jetzt breitete sich über der Erde ein gewaltiges Gewölbe aus, das aber noch leer war und ganz überflüssig erschien. Obwohl dem Schmied der Schweiß über die Stirn rann, packte er wieder den Hammer und fuhr in der Arbeit fort. Vom Amboss stoben nun kleine und große, silbern glänzende Sterne, und zu guter Letzt hämmerte Ilmarine noch die Mondkugel zurecht. Dann befestigte er den Mond und die unzähligen Sterne an dem Gewölbe, und von diesem Augenblick an wurde die Erde schöner, auch wenn es noch kein Leben auf ihr gab.

Die Erschaffung der Sonne schob Ilmarine bis zuletzt auf. Er holte sich aus dem Vorzimmer des Ältesten eine Lampe und brachte sie so sinnreich an, dass sie sich von selbst erhob, auf dem Bogen dahinglitt und dann wieder hinabsank. Damit war seit der Schöpfung der Welt der erste helle Tag angebrochen. Um dem arbeitenden Bruder nicht untätig zuzusehen, griff Wäjnämönje nach seiner Harfe und ließ seine Finger über die Saiten gleiten. Bald fiel auch seine tiefe Stimme in die Melodie ein. Und über den blanken Himmel, auf dem die Sonne wanderte, brauste das gewaltige Lied von der Erde, die von den warmen Sonnenstrahlen überflutet wurde.

Dann nahm Wäjnämönje einen Anlauf und sprang vom Himmel auf die Erde hinab. Scharen himmlischer Vögel begleiteten ihn. Und überall dort, wo seine Füße den Boden berührt hatten, begannen Blumen, Sträucher und Bäume zu wachsen.

Wäjnämönjes Gesang hatte auch den Ältesten geweckt, dessen Augen sich in größtem Erstaunen weit öffneten. Als er alles betrachtet hatte, sagte er: „Bevor ich einschlief, war die Erde nur totes Gestein. Ihr habt sie in ein blühendes Paradies verwandelt. Jetzt ist sie von Licht überstrahlt, sie leuchtet in allen Farben, sie duftet und singt. Aber etwas fehlt noch!“

„Was fehlt noch, Ältester?“, fragte Ilmarine und fachte mit dem Blasebalg das Feuer an, um dem himmlischen Herrscher gleich helfen zu können, während Wäjnämönje schweigend abwartete. Er, der die Vögel erschaffen und sie singen gelehrt hatte, ahnte, was der Älteste im Sinn hatte. So saß er nur still da und ließ die Finger über die Saiten der großen Harfe gleiten.

Der Älteste blickte gedankenverloren auf die Erde hinab, als ob er dort etwas sähe, und nach langem Schweigen sagte er lächelnd: „Jetzt ist für mich die Zeit gekommen, den Menschen und die Tiere zu erschaffen.“

Und das geschah.

## Vom Ort, auf dem der Himmel ruht

*Schöpfungssage der Mixteken*

In dem Jahre und an dem Tage der Dunkelheit und Finsternis, als es noch keine Tage und Jahre gab, war die Welt ein in Dunkelheit versunkenes Chaos und die Erde war von Wasser bedeckt, auf dessen Oberfläche Schlamm und Schaum schwammen.

Eines Tages erschienen der Hirschgott, der den Beinamen „Pumaschlange" führte, und die schöne Hirschgöttin oder „Jaguarschlange". Sie hatten menschliche Gestalt, und mit ihrer großen Zauberkraft erhoben sie einen mächtigen Fels über dem Wasser und erbauten darauf prächtige Paläste zu ihrer Wohnung. Auf die höchste Spitze legten sie eine Kupferaxt mit der Schneide nach oben, auf der der Himmel ruhte. Diese Gebäude standen in der Mixteca Alta, in der Nähe des Ortes Apoala, und der Fels wurde „Ort, auf dem der Himmel ruht" genannt.

Viele Jahrhunderte lebten die Götter in Ruhe und Seligkeit. Da geschah es, dass sie zwei Söhne hatten, schön von Gestalt, gewandt und in allen Künsten erfahren. Nach dem Tage ihrer Geburt wurden sie „Wind der neun Schlangen" und „Wind der neun Höhlen" genannt; beide wurden mit großem Aufwand erzogen und verstanden sich in Adler und Schlangen zu verwandeln, sich unsichtbar zu machen und sogar durch feste Körper hindurchzugehen.

Während die Götter in größtem Frieden dahinlebten, beschlossen die Söhne, ihren Eltern Opfer darzubringen. Zu diesem Zweck nahmen sie ein tönernes Räucherbecken, taten glühende Kohlen hinein und verbrannten eine gewisse Menge Tabakpulver als Weihrauch. Danach erbauten sie einen Garten mit Pflanzen, Blumen, Bäumen, fruchttragenden Gewächsen und wohlriechenden Kräutern. Daneben richteten sie einen grasbewachsenen, ebenen Platz her mit allem, was für die Opfer nötig ist.

Die Brüder lebten zufrieden auf jenem Grundstück, bebauten es, ernteten die Früchte, verbrannten Tabak und flehten ihre Eltern mit Gebeten, Gelübden und Versprechungen an, es möge das Licht erscheinen, das Wasser sich an bestimmten Orten sammeln und die Erde frei von Schlamm und Schaum werden, damit sie etwas mehr als jenen kleinen Garten für ihren Unterhalt hätten.

Die Hirschgötter hatten noch mehr Söhne und Töchter, aber es kam eine Sintflut, in der viele von ihnen zugrunde gingen. Nachdem die Katastrophe vorüber war, erschuf der Gott, den man „Schöpfer aller Dinge“ nennt, den Himmel und die Erde und erneuerte das Menschengeschlecht.

## Von den sechs Welten und ihren Geschöpfen

*Indianerlegende*

Am Anfang war die Erde eine kleine Insel im unendlichen, nebelverhangenen Weltmeer. Aus den Wolken, die grau und schwer über der Urinsel lasteten, bildeten sich Erster Mann, Erste Frau und Erster Mais. Erster Mann hieß Atse Hastiin und Erste Frau hieß Atse Asdzan. Dann gab es noch ein Ei, aus dem Alter Kojote schlüpfte. Auf ihrer Wanderung über die Insel begegneten die ersten Menschen dem Kojoten. Sie merkten, dass er klüger war als sie, und deshalb beschlossen sie, seinem Rat zu folgen.

Damals lag noch tiefe Finsternis über der Erde.

In dieser bedrohlichen Dunkelheit entstanden die ersten Zauberwesen: gelbe Wespen, schwarze Ameisen, Käfer, Libellen, Spinnen und Fledermäuse. Sie waren Geschöpfe der Finsternis und besaßen die Kraft der Magie.

Da die erste Welt sehr klein war, kam es zu einem Streit zwischen den Kreaturen. Deshalb beschlossen Atse Hastiin, Atse Asdzan und Alter Kojote hinaufzuklettern in eine größere, lichtere Welt. Es war die zweite Erde, die einen blauen Himmel hatte. Auf ihr gab es schöne Vögel von blauer Farbe: Reiher, Schwalbe, Specht, Blauhäher und Dolii, den blauen Bergvogel.

„Es ist angenehm hier", sagte Atse Hastiin.

„Aber dunkel", meinte seine Frau. „Wir sollten weitergehen." Denn es gab keine Sonne in dieser zweiten Welt und sie hofften, hinter dem nebelverhangenen Horizont eine schönere, noch größere Welt zu entdecken. So kamen sie in die dritte Welt, die in gelben und braunen Farben schimmerte: mit Bergen, Felsen und steinigen Flussbetten. Auch über dieser Welt schien keine Sonne; nur ein fahles Halblicht dämmerte vor sich hin. Hier wohnten allerlei seltsame Wesen, die sie noch nie zuvor gesehen hatten: Eidechsen, Schlangen, Mäuse, Erd- und Eichhörnchen, Hirsche, Antilopen, Pumas und Wildkatzen. Im Wasser schwammen Fische, Krebse, Otter und Biber. Zwischen den Felsen, im Gebüsch und im Wasser huschten auch Geister herum.

Atse Asdzan, die Frau, war vom langen Wandern müde und hungrig. Alter Kojote sagte: „Ihr habt aus der ersten Welt den Mais mitgebracht. Steckt ihn hier in die Erde."

Das taten die ersten Menschen. Der Herr des Regens und des Wassers war

Großer Truthahn. Gurrend und glucksend, mit gespreizten Flügeln tanzte er den Fruchtbarkeitstanz, damit der Mais wuchs.

Am Boden rekelte sich die Schlange. „Hilf auch du mit!“, forderte Atse Hastiin sie auf. Da begann auch sie zu tanzen und streute dabei Körner von Melone und Kürbis aus. Die Samen trieben Pflanzen aus, an denen schöne Früchte hingen. Davon wurden alle Geschöpfe satt.

Jetzt vermehrten sich die Tiere und Menschen und wuchsen schließlich zu vier Stämmen heran. Ihre Häuptlinge waren: Puma, Große Schlange, Bär und Otter. Ihr Ratgeber war Atse Hastiin, der als Erster Mann die Weisheit der Menschen besaß. Er empfahl den Männern, auf die Jagd zu gehen, und den Frauen, das Feld zu bestellen.

Eine Zeit lang ging es gut, doch dann behagte den Frauen die Feldarbeit nicht mehr. Da rief Erste Frau den bösen Geist Grauer Wolf, der nichts anderes im Sinn hatte, als Unheil anzurichten.

„Die Arbeit ist mühsam und nutzlos“, sagte Atse Asdzan zu ihm. „Die Pflanzen gedeihen nicht, weil der Boden zu dürr ist, und meine Kinder sterben vor Hunger. Nichts will gelingen.“

„Und was geht mich das an?“, knurrte Grauer Wolf.

„Ich habe gehört, dass hinter dem Horizont eine bessere Welt liegen soll, in der Großer Büffel mit seinen Kindern lebt. Großer Büffel soll über das Wasser gebieten, das uns fehlt. Schaff mir die Büffelkinder herbei, damit sie das Wasser mitbringen und die Erde fruchtbar wird.“

Grauer Wolf schnaubte: „Wie soll ich in das Land des Büffels gelangen, das so unendlich weit von uns entfernt ist?“

„Geh über diesen Regenbogen“, antwortete Erste Frau, die den Regenbogen an den Himmel zaubern konnte. Leichtfüßig sprang der Wolf über die flirrende Brücke aus violetten, blauen, grünen, gelben, orangefarbenen und gelbroten Lichtbündeln, die sich hoch über die Erde spannte.

Grauer Wolf raubte die Büffelkinder und brachte sie zu Atse Asdzan. Wutschnaubend schickte Großer Büffel dem Wolf eine brausende Flutwelle hinterher. Sie türmte sich so gewaltig auf, dass sie die ganze Welt zu verschlingen drohte. Der Hirsch lief entsetzt von Norden herbei. „Die Welt geht unter!“, rief er.

Der Eisvogel kam geflogen. „Die Welt geht unter!“, kreischte er. Strudelnd füllte das Hochwasser die Burg des Bibers und zerstörte die unterirdische Stadt der Präriehunde. Auch die Behausungen der Menschen füllten sich mit der Flut.

Als Erster Mensch das Unheil kommen sah, befahl er den Menschen und Tieren: „Versammelt euch auf dem hohen Berg. Aber vergesst nicht, auch die Pflanzen und deren Samen mitzunehmen. Beeilt euch, ehe die Welt untergeht!"

Rasch stopfte Atse Hastiin eine Hand voll Erde in seinen Medizinbeutel. Aber auf der Flucht vor der Flut verlor er den Beutel. Das war sehr schlimm, denn ohne Medizin besaß er keine Seele und keinen Schatten mehr. Er streckte die Arme empor und jammerte.

Der Eisvogel schoss herbei. „Was fehlt dir?"

„Mein Medizinbeutel ist untergegangen!"

Da tauchte der prachtvoll schillernde Eisvogel kopfunter in die Flut und zog mit seinem langen Schnabel den Medizinbeutel heraus. Das war ein großes Glück für Atse Hastiin und alle, die mit ihm auf der Flucht waren. Sie konnten sich auf den hohen Berg retten. Hier ließ Erster Mann eine Fichte wachsen und dann ein Schilfrohr, das bis zum Himmel hinaufreichte. Die Tiere drängten sich dicht an ihn, weil sie Angst hatten und sich von ihm Hilfe erhofften.

Atse Hastiin befahl dem Specht, ein Loch in das Schilfrohr zu hacken. Durch dieses Loch fiel der erste Lichtstrahl auf sie herunter.

„Wir wollen hinaufklettern", sagte Erster Mann, „dort oben muss es wunderschön sein."

Im Inneren des Schilfrohres kletterten sie dem Licht entgegen, das sie immer heller umflutete, während unter ihnen Großer Büffel, der Erzürnte, die dritte Welt verschlang.

Nach beschwerlichem Aufstieg erreichten die Menschen und Tiere die vierte Welt. Aus der Tiefe dröhnte die Stimme von Großer Büffel zu ihnen herauf: „Ich will meine Kinder wiederhaben!" Donner schnaubte in seiner Stimme und Blitze sprühten aus seinen Hörnern.

Erst jetzt erfuhr Atse Hastiin, dass seine Frau Atse Asdzan und Grauer Wolf schuld waren an dem verheerenden Unheil. Er versuchte den Büffel zu besänftigen, aber der gewaltige Herr des Wassers wollte sie alle vernichten. Da meldete sich ein seltsames Tier zu Wort, das aus der vierten Welt kam und das noch keiner kannte. Es war der Dachs.

„Gebt ihm seinen Sohn zurück", riet er. „Junger Büffel soll künftig von uns als Herr des Blitzes und des Donners verehrt werden. Das weibliche Büffelkind aber wollen wir bei uns behalten und als guten Regengeist verehren, damit die Erde fruchtbar sei."

Damit war Großer Büffel einverstanden. Mit seinem Sohn zog er sich in die tiefere Welt zurück und nahm die Wasserflut mit. Darum konnte auch in der vierten Welt nicht genug wachsen. Da beschloss Erster Mann, noch einmal ein Schilfrohr zu pflanzen. Schon bald reichte es bis zum nächsten Himmel.

„Ich will hinaufsteigen", sagte der Dachs und begann sich in dem Rohr nach oben zu arbeiten. Aber dort oben regnete es und es floss Wasser in das Schilfrohr hinein. Aus Angst zu ertrinken machte der Dachs kehrt.

Erster Mann schickte nun die Heuschrecke nach oben. Sie kam unversehrt in die fünfte Welt, die weithin mit Wasser bedeckt war. Darin ruderte ein bunter Vogel, den die Heuschrecke noch nie gesehen hatte. „Wer bist du?", fragte sie ihn.

„Ich bin der Lappentaucher und heiße Steißfuß", antwortete der fremdartige Vogel mit dem dünnen Schwanz und dem dünnen Hals.

Die Heuschrecke machte einen weiten Sprung. Darüber geriet der Haubentaucher so sehr in Angst und Schrecken, dass er wegschwamm und das Wasser mitnahm. So wurde es trocken auf der fünften Erde. „Ihr könnt jetzt hinaufkommen!", zirpte die Heuschrecke in die vierte Welt hinab und alle folgten ihrem Ruf.

Hier oben war die Welt schön. Am Morgen ging die Sonne auf, und wenn sie am Abend verschwand, kamen die Sterne am Himmel hervor und der silberne Mond verbreitete sein sanftes Licht über die Berge und Täler, die Wälder, Seen und Kaktuswüsten.

Erster Mann schaute sich um. Es gefiel ihm in dieser Welt. „Wir wollen sie aufteilen", sagte er, „damit alle genug Platz haben und Frieden herrscht."

Zwei Tiere ernannte er zu Häuptlingen: den Kojoten und den Puma.

Der Kojote sollte über die Tierwelt gebieten und der Puma über die Menschheit. Und er gebot den beiden, niemanden zu unterdrücken und für jeden guten Ratschlag ein offenes Ohr zu haben. Sollte aber einer von ihnen das Vertrauen seiner Gefolgsleute nicht mehr genießen, so müsste er ohne Murren abtreten und sich seinem Nachfolger unterordnen.

Nach diesen Anweisungen zogen sich Atse Hastiin und seine Frau Atse Asdzan zurück, und alles, was der Puma von ihnen erfahren hatte, gab er an deren Nachkommen weiter. So lernten auch sie den Mais zu pflanzen und zu ernten, was die Gefolgsleute von Kojote nie begriffen.

Es gibt aber noch zwei weitere Welten. In der sechsten spuken die Geister; die guten ebenso wie die bösen. Die Verstorbenen – Menschen wie Tiere –

gehen dort hinüber. Aber eines Tages wird alles, was je gelebt hat, derzeit lebt und in Zukunft leben wird, sich in der siebten Welt zusammenfinden und dort seine Gestalt verlieren, um im großen Schweigen zusammenzufließen.

Diese letzte Welt ist das Nichts, aus dem alles kam und zu dem alles wieder wird am Ende der Zeiten.

## Wie die Tiere halfen, die Erde zu schaffen

*Märchen der Yuchi-Indianer*

Zu Anbeginn war die Welt mit Wasser bedeckt, und so weit man sehen konnte, gab es kein Land. Unermesslich dehnte sich das Wasser, und die Tiere wussten nicht, wohin sie sich wenden sollten. Niemand hatte eine Ahnung, wo Land zu finden sei, bis der Krebs schließlich vorschlug, ein wenig Erde vom Meeresgrund heraufzuschaffen. Und sogleich verschwand er im Wasser, während die übrigen Tiere sehnsüchtig auf seine Rückkehr warteten, denn ohne Land konnten sie nicht leben.

Der Krebs ließ sich bis auf den Boden sinken, der damals den Wasserwesen gehörte. Dort angekommen, begann er sogleich Schlamm zusammenzutragen, und bald hatte er einen ganzen Haufen gesammelt. Während er noch bei dieser Arbeit war, hörte er die Stimmen der Wasserwesen: „Wer arbeitet denn da auf unserem Grund?" Die Wasserwesen hatten den Krebs bei seinem Tun beobachtet und fürchteten, dass er ihnen ihr Eigentum stehlen wollte. Rasch eilten sie auf den Krebs zu, um ihn zu fangen. Doch der rührte mit seinem Schwanz den Schlamm auf und verschwand in einer trüben Wolke.

Er machte sich von neuem an die Arbeit, denn den ersten Haufen hatte er zurücklassen müssen. Wieder trug er Schlamm zusammen und begann darauf mit seiner Beute an die Wasseroberfläche zu schwimmen. So konnten die zurückgebliebenen Tiere schon von weitem sehen, dass er etwas gefunden hatte. Nass und weich war der Schlamm, und der Krebs fragte die Tiere: „Wer von euch will ihn ausbreiten, damit er trocken wird und wir alle darauf leben können?"

Die Tiere berieten eine Weile und schlugen den Falken vor, doch der weigerte sich und behauptete, dass seine Flügel zu kurz seien. Schließlich fand sich der Bussard bereit, die Aufgabe zu erledigen. Er nahm behutsam den Schlamm auf seine Flügel, breitete sie aus und begann über die mit Wasser bedeckte Welt zu fliegen. Überall fiel Schlamm herunter, aber er war noch nicht ganz hart. So kam es, dass überall dort, wo der Bussard über die Welt schwebte, Ebenen entstanden, aber an den Stellen, an denen er die Flügel bewegt hatte, wurde das Land zu Bergen und rollenden Hügelketten.

Überall war jetzt Land, aber es war dunkel und die Tiere wussten nicht, wohin sie gehen sollten. Daher holten sie Yohah, den Stern aus der Unterwelt, wo er verborgen war, und baten ihn, für sie zu leuchten. Aber Yohah hatte selbst nur sehr wenig Licht, und überall dort, wo er gerade nicht war, blieb es immer noch dunkel. Deswegen beschlossen die Tiere auch Scharpar, den Mond, um Hilfe zu bitten. Aber auch Scharpar hatte Mühe, genügend Licht zu verbreiten. Obwohl er sich sehr anstrengte, wollte es nicht richtig hell werden.

So beschlossen die Tiere, der Sonnenmutter Techo ihr Leid zu klagen und sie um mehr Licht zu bitten. Techo lauschte den Klagen der Tiere und sprach: „Ihr seid meine Kinder, deshalb will ich euch helfen. Aber da ich nicht überall zur Stelle sein kann, sollen Yohah und Scharpar mich vertreten.“ Seitdem scheinen Mond und Sterne nie zur gleichen Zeit wie die Sonne.

Als Techo, die Sonnenmutter, am Horizont erschien, wurde es überall auf der Erde hell. Den ganzen Tag lang wanderte sie über die Erde hinweg. Als sie am Mittag einen Tropfen Blut verlor, der auf die Erde hinunterfiel, merkte sich Techo die Stelle. Am nächsten Tag war aus dem Blutstropfen ein Mensch entstanden, der sich „Kind der Sonne“ nannte. Und noch heute nennen sich die Yuchi-Indianer Tsojaha, das heißt: „Kinder der Sonne“, und verehren die Sonne als ihre Mutter.

## Die Aufrichtung des Himmels

*Sage der Azteken*

Als die vier Urgötter sahen, dass der Himmel auf die Erde herabgestürzt war, was sich im ersten der vier Jahre nach dem Verlöschen der Sonne und dem Einsetzen des großen Regens ereignet hatte, befahlen sie, vier Wege anzulegen, die zum Mittelpunkt der Erde führten. Dorthin wollten sie gelangen, um den Himmel wieder emporzuheben. Als Helfer bei dessen Aufrichtung schufen sie vier Männer: einen namens Tzontemoc, einen zweiten namens Itzcouatl, einen dritten namens Itzmalin und einen vierten namens Tenexxochitl. Nachdem sie diese vier Helfer erschaffen hatten, verwandelten sich zwei der Götter in riesige Bäume: Tezcatlipoca in einen Baum, den man „Spiegelbaum" nennt, Quetzalcouatl in einen Baum, der „Große Quetzalfederblume" heißt.

Mit Hilfe dieser beiden Bäume gelang es den vier Männern und den übrigen beiden Göttern, den Himmel mit den Gestirnen wieder aufzurichten. Und weil dies nur dem Einsatz von Tezcatlipoca und Quetzalcouatl zu verdanken war, ernannte ihr Vater, der „Herr unseres Fleisches", sie zu den Herren des Himmels und der Gestirne. Dort oben bahnten sie sich einen Pfad und wandeln seitdem ständig auf ihm dahin und begegnen sich. Der Pfad ist noch heute am Himmel sichtbar und wird bei uns Milchstraße genannt.

Wie eine neue Sonne am Himmel aufgegangen ist, wird bei den Völkern Mittel- und Südamerikas in vielerlei Variationen erzählt.

## Purupriki und die Flughunde

*Australische Legende*

Bevor das funkelnde Licht der Milchstraße den Himmel überspannte, gab es keine Straßen am Himmelszelt. Die Ureinwohner auf der Erde waren zufrieden und glücklich. Sie nutzten die Stunden des Tageslichts, um die reichliche Nahrung im Dschungel und an der Meeresküste zu sammeln. Die Abende verbrachten sie mit ihren Zeremonien am Lagerfeuer und dem Gesang ihrer Lieder.

Der berühmteste Sänger und Tänzer ihres Volkes war Purupriki. Die Gesänge, die er anstimmte, und die kunstvollen Tänze, die er aufführte, hatte er selbst erdacht.

Dann kam der Tag, an dem die Männer eines benachbarten Volkes einen Besuch machten, um zu sehen, wie Purupriki die Zeremonien vollzog. Viele Stunden dauerten die Tänze und Gesänge an diesem Abend.

Schon früh am Morgen gingen die Männer hinaus in den Busch, um Nahrung für das nächste Fest am Abend zu sammeln. Purupriki begab sich kurz vor Anbruch der Morgendämmerung auf die Jagd. Er schlich sich durch die Dunkelheit eines Mangrovensumpfes und warf seine Keule hoch hinauf in einen Baum, in dem unzählige Flughunde ihren Schlafplatz hatten. Wütend über diesen Angriff stürzten sie sich auf Purupriki herunter. Mit rauschenden Flügeln trugen sie ihn durch die dämmerigen Schneisen der Mangovensümpfe hinauf in den Himmel.

Als die Ureinwohner - von dem Flugschwirren aufgestört - zum Himmel blickten, sahen sie, wie Purupriki hinweggetragen wurde. Und die Männer hörten noch einmal die schöne Stimme ihres viel geliebten Sängers, der sein Abschiedslied sang. In der folgenden Nacht sangen die Männer dieses Abschiedslied und tanzten dazu. Und Purupriki schaute vom Himmel herab und sah, wie ihm die Männer seines Volkes die Ehre erwiesen. Er verwandelte sich in den hellen Antares, während die Flughunde sich überall verteilten und zu den Sternen der Milchstraße wurden, die am nächtlichen Himmel erstrahlen.

## Wie das Firmament entstand

*Philippinisches Märchen*

In einstiger Zeit, als die Erde noch jung war, sah die Welt ganz anders aus. Der Himmel hing so niedrig über dem Erdboden, dass man ihn anfassen konnte. Zwischen Himmel und Erde herrschte nur ein schwaches Dämmerlicht, denn es gab noch keine Sonne, keinen Mond und auch keine Sterne.

Auf der Erde lebten damals noch nicht so viele Menschen wie heute. Darunter waren ein Mann und eine Frau, deren Tage mit viel Arbeit auf dem Reisfeld ausgefüllt waren. Wenn sie dann müde und hungrig vom Feld heimkehrten, bereiteten sie sich zusammen ihr Essen an der Feuerstätte. Während der Mann im Mörser den Reis zerstieß, bereitete die Frau die anderen Zutaten vor.

Eines Tages kamen sie nach langer Feldarbeit wieder zu ihrer Hütte zurück und begannen das Essen vorzubereiten. Das Feuer loderte schon unter dem Kessel. Die Frau nahm ihren Rundkamm aus dem Haar und hängte ihn zusammen mit ihrer Halskette aus Perlen an den Himmel. Der hing aber so tief herunter, dass sich der Mann beim Reisstampfen eingeengt fühlte, weil er ständig mit dem Stößel dagegenstieß. Er wurde wütend und schimpfte: „Himmel, warum musst du immer so tief herunterhängen? Heb dich hinweg, damit ich mehr Platz habe!“

Die beiden staunten nicht schlecht, als sich der Himmel emporhob und den Kamm, die Halskette und auch noch das lodernde Feuer unter dem Kessel mit sich nahm.

Seitdem leuchtet der Kamm in der Nacht als Mond, die Perlen der Halskette glitzern als Sterne, und am Tage glüht das Feuer als Sonne weiter – hoch droben am Himmelszelt.

# Das Weltbild und der Weltenbaum

*Märchen der Kabylen**

Die ganze Welt ruht auf den Hörnern eines riesenhaften Stiers. Wenn dieser sich jemals rühren würde, würde die Welt sogleich einstürzen. Die Erde selbst ist nicht bloß eine. Es sind sieben Erdschichten flach übereinander. Darüber liegen sieben Himmel. Die Menschen leben auf der fünften Erde. Zwischen der Erde und dem Himmel gibt es noch zwei Erden. Darüber kommt das Nichts, aus dem alles wurde.

Auf der untersten Erde wohnen die ganz kleinen Tidjal. Das sind Geschöpfe, die sind aus den Eiern der Ameisen hervorgegangen und sie sind noch schlimmer (und anscheinend auch klüger) als die Ameisen. Auf der Erde der Tidjal steht ein mächtiger Baum, der ragt weit herauf, und wenn er je umstürzen sollte, so würden die Tidjal freien Weg zu unserer Erde hinauf haben, und dann würden sie kommen und alles würde bei uns zerstört werden. Das aber ist der Wunsch der Tidjal. Deshalb arbeiten die Tidjal jeden Tag vom Morgen bis zum Abend daran, diesen Baum zu fällen. Es gelingt ihnen auch, seinen Stamm jeden Tag so weit durchzuschlagen, dass nur noch ein Rest von vier Finger Breite übrig bleibt und er somit dicht am Umstürzen angekommen ist. Wenn die Tidjal aber abends so weit gekommen sind, hören sie mit der Arbeit auf und sagen: „Nun wollen wir uns ausruhen, den Rest der Arbeit wollen wir morgen verrichten."

Damit hören sie also auf. Wenn sie dann am anderen Morgen den Rest des Stammes durchschlagen wollen, finden sie, dass der Baum wieder wohl erhalten dasteht, als sei er am Tage vorher nicht angerührt worden. Der Baum wächst jede Nacht so viel nach, als die Tidjal ihm am Tage zuvor vom Holze wegschlagen, und so bleibt ihnen der Weg zu uns versperrt, sonst wären wir schon lange vernichtet worden.

* Berberisches Nomadenvolk in Nordalgerien, das schon bei Herodot (490–425–20 v. Chr.) erwähnt wird.

VII
VI
V
IV
III
II
I

# Die zwei Sonnen

*Formosa (heute Taiwan)*

In alter Zeit gab es zwei Sonnen. Ging die eine unter, so ging die andere auf. Da das Aufgehen der einen Sonne und das Untergehen der anderen immer innerhalb eines Tages geschah, gab es keine Nacht. Beständig herrschte heller Tag und die Menschen litten schwer unter der großen Hitze. Säten sie die Samen auf den Äckern aus, so ging die Saat wegen der Sonnenglut nicht auf. Die Menschen waren gezwungen Schutzmatten zu flechten, um die Felder vor den Strahlen der Sonne zu schützen.

Der Himmel hing damals so niedrig, dass man sich vorsehen musste, um nicht mit der Stampfkeule gegen ihn zu stoßen, wenn man Hirse stampfte.

Als einmal ein Mann beim Hirsebierbrauen war, goss er das dabei benutzte Wasser auf die eine der beiden Sonnen. Sie konnte die Kälte des Wassers nicht vertragen und wurde krank. Sie verlor ihren Glanz und wurde zum Mond, nachdem sie sich abgekühlt hatte.

Einmal aber nahmen die Menschen all ihre Kräfte zusammen und stemmten den Himmel nach oben, bis er seine jetzige Höhe erreichte. Seitdem lässt es sich leichter unter ihm arbeiten.

## Der Streit zwischen Erde und Himmel

*Sage des Yoruba-Volkes in Südwest-Nigeria*

Wenn Erde und Himmel so weit voneinander entfernt sind, so lässt sich nicht daraus schließen, dass es immer so war. Einst waren Erde und Himmel ganz nah beieinander.

In Urzeiten waren Ile, die Erde, und Orun, der Himmel, in enger Freundschaft miteinander verbunden.

Sie waren Jäger und gingen oft zusammen auf die Jagd. Es gab keinerlei Streit zwischen ihnen und sie betrachteten einander voller Respekt.

Eines Tages gingen Ile und Orun in den Busch, um zu jagen. Sie folgten der Fährte der Antilope, sie waren den Wildschweinen auf der Spur und sie hielten Ausschau nach Vögeln. Aber sie fanden nichts. Der Tag zog sich hin. Sie wurden hungrig und müde. Allmählich wurden sie gereizt.

Als die Dunkelheit einbrach, fingen sie endlich eine Buschratte. Sie brieten sie. Als es ans Essen gehen sollte, begannen sie zu streiten.

Ile sagte: „Ich bekomme die erste Portion, denn ich war vor dem Himmel da. Ich bin der Ältere, also gehört mir die erste Portion."

Orun sagte: „Ganz im Gegenteil, ich war schon da, als die Erde geschaffen wurde! Ich bin es, der der Ältere ist. Und deshalb gehört mir die erste Portion."

So stritten sie und ihr Wortwechsel wurde immer heftiger.

Orun war gekränkt und sagte: „Warum sollen wir weiter Freunde sein? Freunde gehen nicht so miteinander um. Ich verlasse dich. Die Buschratte kannst du behalten."

Er erhob sich und entfernte sich von der Erde. So gerieten die beiden weit auseinander. Bevor das geschehen war, hatten die Menschen ihre Ernte ohne Mühe eingebracht und es gab Nahrung in Hülle und Fülle. Aber nun, nachdem sich der Himmel von der Erde entfernt hatte, gab es keinen Regen mehr. Die Brunnen trockneten aus. Die Ernte gedieh nicht. Wo einst Flüsse gewesen waren, gab es nur noch Wüstensand. Menschen und Tiere litten Durst.

Schließlich wurde ein Treffen anberaumt. Die Buschtiere beschlossen einen Boten zum Himmel zu schicken, begleitet von einer Buschratte, durch die der ganze Verdruss ausgelöst worden war. Es wurde ein Vogel gewählt, der versuchte mit der Buschratte zum Himmel zu gelangen. Aber er schaffte es nicht. Der Himmel war zu weit entfernt. Ein anderer Vogel wurde gewählt, der ebenfalls aufgeben musste. Noch viele andere Vögel versuchten es, aber sie erreichten nicht den Ort, wo Orun lebte.

Zuletzt meldete sich der Geier freiwillig. Die anderen Tiere verhöhnten ihn, denn der Geier war plump und schwerfällig.

Einer sagte: „Unsere besten Flieger waren nicht fähig, Orun zu erreichen, wie will es dann der Geier schaffen?"

Die anderen sagten: „Das ist wohl wahr." Aber der Geier war der einzige Vogel, der es noch nicht versucht hatte. So gaben sie ihm die Buschratte und schickten ihn auf den Weg.

Als der Geier zum Fluge ansetzte, sang er:

*„Erde und Himmel,*
*sie jagten zusammen.*
*Eine Buschratte fingen sie.*
*Ile sagte, er sei der Ältere.*
*Orun sagte, er sei der Ältere.*
*Dann bewegte er sich fort.*
*Jamswurzeln wachsen nicht*
*und Mais bleibt ohne Kolben.*
*Mütter suchen nach Wasser,*
*während ihre Kinder schreien."*

Igun, der Geier, wiederholte das Lied, bis er den Himmel erreicht hatte. Orun hörte es und er war traurig über das, was inzwischen geschehen war. Er nahm die Buschratte an und der Geier erhielt als Gegengeschenk ein Päckchen mit rotem Zauberpulver. Orun erklärte ihm genau, dass bereits eine winzige, in die Luft geblasene Menge des Pulvers ausreichen würde, um es regnen zu lassen. Der Geier begab sich mit dem Geschenk auf den Rückflug. Unterwegs öffnete er neugierig das Päckchen und im Nu zerstob das ganze Pulver.

Das Licht schwand dahin und es wurde nachtschwarz auf der Erde. Regen begann zu fallen. Es erhob sich ein gewaltiger Sturm. Bäume und Häuser wurden umgerissen, die Flüsse traten über die Ufer und ganze Dörfer wurden von den Wassermassen weggespült. Allseits herrschte vollkommene Zerstörung.

Als der Sturm vorüber war, fanden die Buschtiere den Geier und fragten ihn, wie das geschehen konnte.

„Das Päckchen mit dem roten Zauberpulver ist schuld“, sagte er. „Ich habe es ein wenig geöffnet und der Wind hat es fortgetragen.“

Die Buschtiere waren wütend. Sie griffen Igun an und schlugen mehrmals auf seinen Kopf.

Vorher hatte der Geier noch Federn auf dem Kopf gehabt, aber weil sie ihn so hart geschlagen hatten, fielen sie ihm aus. Seitdem ist er kahl. Und seit jener Zeit lebt er abgesondert. Niemand kümmert sich um ihn und gewährt ihm Unterkunft. Zum Fressen bleibt ihm nur das, was die anderen Tiere von ihrem eigenen Futter zurücklassen.

## Der Ursprung von Tag und Nacht

*Legende der Algonkin-Indianer*

Einst wanderte Wabus, das Kaninchen, durch den Wald und kam zu einer Lichtung am Ufer eines Flusses. Da sah es Totoba, die Wetzsteineule, auf einem Zweige hocken. Es war dunkel und das Kaninchen konnte nichts erkennen, also sprach es zur Wetzsteineule: „Warum willst du es so dunkel haben? Ich mag es nicht und will immer Tageshelle um mich haben." Darauf erwiderte die Eule: „Wenn du mächtig genug bist, so sorge dafür. Lass uns unsere Kräfte messen, und wer von uns gewinnt, mag es so einrichten, wie er es lieber hat."

Da riefen Kaninchen und Eule alle Vögel und alle vierfüßigen Tiere zusammen, auf dass sie Zeugen ihres Wettstreites seien. Als alle versammelt waren, unterrichteten die beiden sie, worum es bei ihrem Wettstreit gehen sollte. Einige Vögel und Vierfüßler wünschten dem Kaninchen Erfolg, andere waren aufseiten der Eule und hofften, dass es weiterhin dunkel bliebe. Da begannen Kaninchen und Eule ihren Wettstreit, bei dem das Kaninchen immer die Worte „Wabon, wabon" (Licht, Licht) wiederholen sollte, während die Eule rasch hintereinander die Worte "Unitipaqkot, unitipaqkot" (Nacht, Nacht) sagen musste. Wer von ihnen sich versprechen und das Wort des Gegners sagen würde, sollte verlieren. Also hub das Kaninchen an, immer „wabon, wabon" zu rufen, dem die Eule ihr „unitipaqkot, unitipaqkot" entgegenhielt, wobei jeder von seinen Anhängern angefeuert wurde. Das ging so lange, bis die Eule aus Versehen das Wort „wabon" sprach und damit den Wettstreit verloren hatte. Da entschied das Kaninchen, dass das Licht den Vorrang haben sollte, bewilligte aber der Nacht einen Anteil zugunsten der Besiegten.

## Der Ursprung von Sonne und Mond

*Märchen der Kabylen*

Im Anfange gab es nicht die Sonne und den Mond. Sie entstanden auf folgende Weise: Eines Tages gingen ein junger Ochse und ein junger Widder zusammen. Sie hatten Freundschaft geschlossen. Beide Tiere bekamen eine Krankheit, die besonders bei dem Rindvieh sehr häufig ist und in einer Verhärtung oder Eiterung im nach innen gewandten Teil des Augenlides besteht. Die erste Mutter der Welt sah, dass beide Tiere krank waren. Sie nahm den Ochsen, band ihm die Füße zusammen und schnitt ihm dann die Geschwulst um den Teil des Augenlides, der die Form eines Mondviertels hatte, ab. Den Teil warf sie in eine Schüssel mit Wasser. Dann ergriff sie den jungen Widder und schnitt ihm das Augenlid, das erkrankt war, ab und warf es ins Feuer.

Nachdem der Ochse losgebunden war, blickte er in die hölzerne Wasserschale, in der der Abschnitt seines Augenlides lag. Da sah er den Abschnitt. Nun wurde sein Auge zum Himmel, das Dunkle darin zum Blau des guten Wetters. Der Abschnitt seines Augenlides wurde zum Mond. Das Schwarze zwischen dem Bild seiner Augen und dem Abschnitt des Augenlides wurde die Nacht und der Streifen zwischen dem Augenlidabschnitt und dem Rand der (spiegelnden, weil mit Wasser gefüllten) Holzschale zum Mondschein. Seitdem ist der Mond in der Welt. Vorher war über der Erde das Nichts. Nun aber entstanden die sieben Himmel.

Als das junge männliche Schaf freigelassen wurde, rannte es zu dem Feuer, in welches der Abschnitt seines Augenlides geworfen worden war. Der junge Widder blickte in die Feuerflamme. Nach einiger Zeit ging aus dem Feuer die Sonne auf, die seitdem die Welt erhellt, und das verdankt man dem jungen Widder. Die Sterne sind aus Bohnen entstanden, die ein Mann an den Himmel warf.

## Weshalb Sonne und Mond auseinander gerieten

*Indianisches Märchen*

Zu Anbeginn der Welt lebten Niaba, die Mondgöttin, und Mi, der Sonnengott, noch auf der Erde, die sie mit den Indianern teilten. Eines Tages geriet Niaba mit Mi in Streit. Sie warf dem Sonnengott vor, dass er die Menschen auseinander treibe, sodass sie sich deshalb aus den Augen verlören, während sie bestrebt sei das Gegenteil zu bewirken.

Mi entgegnete darauf, dass er den Menschen mit seinem Licht nur Gelegenheit gäbe sich auszubreiten und die Welt zu erobern. Er beschuldigte Niaba, dass sie die Menschen häufig der Finsternis überließe.

Des Streites überdrüssig, beschloss der Sonnengott Mi zum Himmel aufzusteigen. Er tat den Menschen kund, dass er von dort oben auf sie achten und sie mit seinen Strahlen wärmen wolle. Auch versprach er ihnen dabei zu helfen, mehr Land zu besiedeln.

Daraufhin erklärte Niaba, sie würde ebenfalls zum Himmel aufsteigen. Ihre Aufgabe als Mondgöttin sähe sie hingegen darin, die Menschen dichter zueinander zu bringen und ihnen durch die Dunkelheit Ruhe und Schlaf zu schenken. Außerdem wollte sie dem Sonnengott in einem bestimmten Abstand auf seinem Himmelspfad folgen.

So erklären die Indianer den Lauf des Sonnengottes, dem die Mondfrau wachsam auf der Spur ist.

## Die himmlischen Geschwister

*Märchen der Maidu-Indianer in Kalifornien*

Am Firmament gab es bereits Sterne, aber noch keine Sonne und auch keinen Mond. Nur ein Geschwisterpaar lebte neben den Sternen dort oben am Himmel.

Einst fragte die Schwester ihren Bruder: „Möchtest du lieber Mond oder Sonne sein; willst du deine Straße bei Nacht oder bei Tage ziehen?“

Der Bruder erwiderte: „Ich lasse dir den Vortritt. Geh du zuerst und versuche es bei Nacht.“

Die Schwester machte sich auf den Weg, aber da sie so schön war, verliebten sich alle Sterne in sie, sodass sie kaum von der Stelle kam. Sogar die Plejaden verfolgten sie.

Schließlich sah sie ein, dass sie ihren Lauf nicht schaffen würde. Sie kehrte um und bat ihren Bruder, bei Nacht den Weg als Mond zu übernehmen. Er willigte ein und wurde zum Mond, während seine Schwester zur Sonne wurde und bei Tage ausging.

## Die Gotteskinder Sonne und Mond

*Nach der Vorstellung der Guaimi-Indianer in Panama*

Diese Indianer haben Kenntnis von einem Gott, der über die ganze Welt herrscht und den sie Noncomala nennen; er schuf Himmel und Erde.

Als die ganze Welt noch im Dunkel lag und ihre Bewohner trübsinnig dahinlebten, machte sich Noncomala einst auf den Weg, um an den Ufern des Guaimi-Flusses zu lustwandeln. Da erblickte er eine schöne Frau namens Rutve. Sie verliebten sich ineinander und sie schenkte ihm zwei Kinder, einen Knaben und ein Mädchen.

Die Mutter Rutve zog sie zwölf Jahre lang auf, dann entführte sie Noncomala und versetzte sie an den Himmel.

Dem Knaben gab er den Glanz der Sonne, dem Mädchen den Glanz des Mondes; seitdem sind Tag und Nacht erhellt.

## Warum Sonne und Mond zum Himmel aufgestiegen sind

*Sage des Efik-Volkes in Afrika*

Vor sehr langer Zeit wohnten Sonne und Mond noch auf der Erde. Sie waren gut befreundet mit dem Wasser, das sie häufig besuchten. Doch niemals stattete ihnen das Wasser einen Gegenbesuch ab. Als sie einmal nach dem Grund fragten, erwiderte das Wasser, dass das Haus von Sonne und Mond nicht groß genug sei.

„Wenn ihr mich wirklich als Gast haben wollt, müsst ihr ein sehr großes Haus bauen, denn wenn ich zu euch kommen soll, bringe ich meine Freunde mit und die nehmen viel Platz ein“, erklärte ihnen das Wasser.

Schon am nächsten Morgen begannen Sonne und Mond ein großes Haus zu bauen. Als sie damit fertig waren, baten sie das Wasser um seinen Besuch.

Trotz der freundlichen Einladung wagte das Wasser es nicht, das Haus zu betreten, sondern fragte nach, ob der Besuch auch wirklich recht sei.

„Du bist unser Freund und deshalb bist du uns willkommen“, sagten Sonne und Mond.

Begleitet von Fischen, Kröten und anderen Wassertieren strömte das Wasser ins Haus, dessen Boden bald überflutet war.

„Ist es euch immer noch recht, dass wir kommen?“, fragte das Wasser noch einmal.

„Gewiss, kommt nur herein“, wiederholten Sonne und Mond.

Das Wasser stieg im Haus so hoch an, dass Sonne und Mond sich auf das Dach retten mussten. Das Wasser mitsamt seinem Getier folgte ihnen auch dorthin. Schließlich blieb Sonne und Mond nichts anderes übrig, als in den Himmel aufzusteigen, und dort sind sie für alle Zeiten geblieben.

## Wie die Tiere dafür sorgten, dass es Sonne und Mond gibt

*Erzählung der Kutenai-Indianer im Westen Amerikas*

Zuzeiten, als es noch keine Sonne und keinen Mond gab, mussten die Tiere in völliger Dunkelheit leben. „Wir brauchen etwas, was uns Licht gibt", sagte der Dorfälteste unter den Tieren und er berief eine Versammlung ein.

„Einer von uns soll zum Himmel aufsteigen und die Sonne sein", sagte das Stinktier.

„Einer von uns soll der Mond sein", sagte der Biber.

„Wer alles möchte die Sonne sein?", fragte der Dorfälteste.

„Wir brauchen nur eine einzige Sonne", sagten die Tiere. „Wir werden wählen, wer es sein soll."

Der Dorfälteste fragte das Stinktier nach seinem Vorschlag.

„Der Rabe soll die Sonne sein", sagte das Stinktier und alle Tiere stimmten zu.

Der Rabe übernahm die Aufgabe: Früh am Morgen stieg er in den Himmel auf, überquerte das Land von Osten nach Westen und ging gegen Abend zur Erde nieder. Er kam heim ins Dorf.

„Der Rabe kann nicht die Sonne sein", sagte das Stinktier. „Ich hätte ihn nicht wählen sollen." Und der Biber sagte: „Der Rabe ist zu schwarz."

„Der Himmel war genauso schwarz wie in der ganzen Zeit vorher. Er gab uns überhaupt kein Licht", meinten die anderen Tiere.

„Nun gut", sagte der Dorfälteste. „Wer soll dann die Sonne sein?"

Die Tiere schauten einander an. Das Stinktier schaute zum Biber, die Fledermaus schaute zum Reh, die Lerche schaute zum Truthahn.

„Lasst uns den Hühnerhabicht wählen", schlug der Biber vor. „Er ist ein großer Vogel und seine Federn sind nicht so schwarz wie die des Raben." Alle Tiere waren damit einverstanden.

Am nächsten Morgen begann der Hühnerhabicht Sonne zu spielen. Er erhob sich im Osten. Er zog seine Bahn und ging im Westen nieder. Dann kam er zurück ins Dorf.

„Nein", sagten alle Tiere, „der Hühnerhabicht kann es auch nicht sein."

„Der Hühnerhabicht macht den Himmel gelb“, sagte die Fledermaus.

„Der Himmel war so gelb, als wollten schreckliche Unwetter aufziehen“, sagte der Truthahn.

„Lassen wir den Präriewolf einmal Sonne spielen“, sagten die Tiere und der Präriewolf war einverstanden.

Am nächsten Morgen stieg er im Osten auf. Gegen Mittag stand er am Himmel genau über dem Dorf und es war so heiß, dass die Tiere ihr Essen ohne Feuer kochen konnten. Als er am späten Nachmittag im Westen niederging, war es den Tieren immer noch zu heiß. Sie gingen hinunter zum Fluss, um zu schwimmen. Der Biber sprang hinein und sprang genauso schnell wieder heraus.

„Das Wasser ist so heiß, dass wir gesotten werden, wenn wir darin schwimmen“, sagte er.

„Der Präriewolf darf auch nicht die Sonne sein“, entschieden die Tiere und warteten auf seine Rückkehr.

„Du hast uns fast zu Tode gesengt“, warfen sie ihm vor. „Du kannst nicht die Sonne sein.“

Zwei Kinder hatten davon gehört, dass die Tiere versuchten die Sonne zu spielen.

„Wir möchten auch Sonne spielen“, baten sie ihre Mutter.

„Das dürft ihr von mir aus“, sagte die Mutter, und die beiden Kinder gingen zum Dorf der Tiere.

„Wir möchten bei euch mitspielen“, sagte der ältere der Brüder zu dem Dorfältesten.

„Wir beide möchten Sonne spielen“, sagte der jüngere Bruder.

„Wir werden es erst mit einem von euch versuchen“, sagte der Dorfälteste. „Der Ältere kommt zuerst dran.“

Am nächsten Morgen erhob sich der ältere Bruder am östlichen Himmel. Den ganzen Tag über reiste er als Sonne über den Himmel.

„Der ältere Bruder macht seine Sache gut“, sagten die Tiere. „Er ist nicht zu heiß und er ist nicht zu hell.“

„Ich möchte aber auch Sonne spielen“, bat der jüngere Bruder.

Der Dorfälteste schaute zu ihm hin. „Wir haben bereits eine Sonne gewählt, und eine weitere brauchen wir nicht.“

„Er könnte während der Nacht Sonne spielen“, sagte der Biber.

„Wenn der ältere Bruder schläft“, fügte das Stinktier hinzu.

So stieg der jüngere Bruder ebenfalls in den Himmel auf, und wenn der ältere Bruder sich im Westen in sein Haus zum Schlafen zurückzog, spielte der jüngere Bruder Sonne.

„Er ist eine sehr gute Nachtsonne“, sagten die Tiere. „Er ist nicht so warm wie die Tagessonne. Er scheint auch nicht so hell. Er ist gerade richtig.“

„Wir werden ihn Mond nennen“, entschied der Dorfälteste.

„Und von nun an darf keiner mehr Sonne spielen. Und keiner darf Mond spielen“, beschlossen die Tiere.

Und dabei ist es geblieben.

## Der Schakal und das Sonnenschaf

*Afrikanisches Märchen*

Lange vor unserer Zeit war es im Land der Palmenbäume schon genauso heiß wie heute. Die Menschen flohen vor der Hitze in den Schatten der Palmen. Erst am Abend konnten sie sich von der Sonnenglut erholen.

Gleich nach Anbruch der Nacht brach der Schakal zur Jagd auf. Er spürte ein Schaf auf und erwürgte es. Er saugte ihm alles Blut aus und zerfleischte den Körper und versteckte die Stücke im Busch. Kaum aber hatte er das Schafsblut getrunken und ein Stückchen von dem Fleisch gekostet, begannen seine Gedärme wie Feuer zu brennen und er bekam einen bislang noch nie verspürten Durst.

„Huuuh – Durst! – Gebt mir zu trinken!“, heulte er.

Die Menschen hörten ihn, füllten einen großen Topf mit Wasser und brachten ihn an den Rand ihres Dorfes. Der Schakal war begierig auf den ersten Schluck kühlen Wassers, doch der brachte nicht die geringste Linderung. Das Wasser verdunstete schon im Hals, kein Tropfen gelangte in seinen Magen.

„Wasser! – Wasser!“, heulte er wieder. Die Menschen liefen abermals zusammen, doch als sie sahen, dass der Topf noch beinahe voll war, riefen sie dem Schakal zu: „Trink doch erst das Wasser aus!“

Aber wie gierig der Schakal auch schluckte, er hatte immer noch das Gefühl, dass in seinem Magen ein Feuer brenne.

„Gebt mir frisches Wasser! Mit dem hier kann ich meinen Durst nicht löschen“, winselte er kläglich.

Die Menschen brachten frisches Wasser und der Schakal trank und trank, bis kein Tropfen mehr übrig war. Doch es blieb wie zuvor: Das Wasser verdunstete ihm bereits in der Kehle.

Die Menschen schüttelten verwundert die Köpfe. „Das ist seltsam! Hast du etwa das Sonnenschaf erlegt und sein Fleisch gefressen?“

„Ein Schaf habe ich heute Nacht gefangen“, gab der Schakal zu, „aber warum sollte es gerade das Sonnenschaf gewesen sein?“

„Weil du einen solchen Durst hast, der nicht zu löschen ist. Hole schnell alles Fleisch aus deinen Verstecken und bringe es zu der Stelle, an der du das Schaf gerissen hast. Dort musst du dann laut rufen:

Der schwarze Schakal, der der Nacht gleicht,
will sich zur Ruhe legen. Erwache wieder, Schaf!

Damit gibst du dem Sonnenschaf sein Leben zurück und du wirst dann deinen Durst löschen können“, belehrten ihn die Menschen.

Der Schakal seufzte und tat, was man ihm geraten hatte. Das Schaf wurde wieder lebendig. Doch weil es den Schakal reute, die ganze Beute zurückzugeben, hatte er ein kleines Fettstückchen behalten, mit dem er sich die entzündeten Augen einfetten wollte.

Als er jedoch zu den Menschen zurückkehrte und aus dem Wassernapf trinken wollte, war alles genauso wie vorher: Seine Kehle blieb trocken wie Wüstensand. Der quälende Durst machte den Schakal ganz niedergeschlagen und ratlos. Was sollte er nur dagegen tun? Schließlich versuchte er es mit einem hohlen Schilfrohr, das er durch seinen Rachen bis in den Magen hinunterschob. Durch das aus seinem Maul herausragende Ende goss er Wasser. Aber auch das half nichts. Vor Wut sprang der Schakal in den Bach, der jedoch auf der Stelle austrocknete.

Das wiederum brachte die Menschen völlig durcheinander.

„Du musst irgendwo noch ein Stückchen von dem Sonnenschaf haben“, riefen sie dem Schakal zu.

„Ich habe noch ein winziges Stück Fett, das ich für meine kranken Augen brauche“, heulte der Schakal.

„Wirf es schnell weg, denn sonst wird sich das Wasser weiter vor dir fürchten“, rieten ihm die Menschen.

Der Schakal gehorchte und das Feuer in seinem Magen hörte sofort auf zu brennen. Endlich konnte er seinen Durst löschen. Und als die Sonne wieder aufging, verschwand er unendlich müde, aber zufrieden im Busch.

Das Sonnenschaf, es weidet noch heute am Himmel,
bis der Schakal Nacht kommt und es wieder erwürgt.

## Die Entstehung der Sonne

*Südseemärchen*

In alten Zeiten gab es noch keine Sonne. Nur der Mond und die Sterne leuchteten am Himmel. Auf der Erde lebten noch keine Menschen, sondern nur große Vögel.

Eines Tages gingen der Strauß Dinewan und der Kranich Brälgah spazieren. Sie fingen an, sich zu streiten, bis sie sich schließlich prügelten. In seiner Wut lief Brälgah zum Nest von Dinewan, griff sich daraus eines der großen Eier und warf es mit aller Kraft gegen den Himmel. Dort fiel es auf einen Reisighaufen und zerbrach. Das Eigelb lief über die trockenen Zweige und setzte sie in Flammen, sodass es auf der Erde plötzlich strahlend hell wurde. Bis dahin hatte es nur das sanfte Licht des Mondes und das Glitzern der Sterne gegeben.

Im Himmel lebte ein guter Geist, der erkannte, wie schön die Welt sein konnte, wenn sie hell erleuchtet war. Er beschloss, jeden Tag für ein solches Feuer zu sorgen. Von da trägt er Nacht für Nacht Holz für den Feuerhaufen zusammen, den er in der Morgenfrühe anzündet. Doch vorher schickt er den Morgenstern auf den Weg, um anzuzeigen, dass es auf der Erde bald hell sein wird.

Anfangs genügte dieses Zeichen nicht und der gute Geist überlegte, ob es nicht ein Geräusch gäbe, das den Aufgang der Sonne ankündigen könnte. Da hörte er das muntere Krähen des Hahnes. „Der soll mein Helfer sein“, entschied er und erklärte dem Hahn seine künftige Aufgabe. Der Hahn war einverstanden, denn er kräht gern lange und laut.

Seitdem kündigt seine Stimme an, dass ein neuer Tag anbricht.

## Sonne, Mond und Hahn

*Märchen aus Madagaskar*

Anfangs lebten die drei Götterkinder Sonne, Mond und Hahn als Brüder einträchtig beieinander. Eines Tages ging Bruder Sonne allein aus und Mond und Hahn blieben zu Hause. Da befahl Bruder Mond dem Hahn, er möge die Rinder von der Weide holen, doch Bruder Hahn weigerte sich. Darüber wurde der Mond so böse, dass er den Hahn beim Kamm packte und ihn auf die Erde hinabwarf.

Als Bruder Sonne heimkam, erzählte ihm der Mond, was vorgefallen war. Das machte Bruder Sonne traurig und er sagte: „Du magst nicht in Eintracht leben; nun gut, dann will auch ich nicht mehr mit dir zusammen ausgehen. Von nun an gehört die Nacht dir und du darfst erst des Abends ausgehen. Der Tag jedoch ist mein. Und Bruder Hahn wird mich niemals vergessen, denn ich habe ihn nicht vertrieben und ich habe ihn noch immer lieb. Auch will ich es nicht dulden, dass er ausgeht oder kräht, wenn du unterwegs bist."

Der Hahn befolgte die Anweisungen von Bruder Sonne. Jedes Mal, wenn sein Bruder morgens aufsteht, freut er sich ihn zu sehen. Dann erinnert er sich daran, dass dies sein älterer Bruder ist. Er schaut zu ihm hinauf und ruft unaufhörlich: „Indriinilay zoky e! Indriinilay zoky e!" (So klingt der Hahnenschrei auf Madegassisch und er bedeutet: „Sieh da, mein älterer Bruder, e!")

Aber sobald Bruder Sonne untergegangen und Bruder Mond an der Reihe ist, begibt sich der Hahn schnell ins Haus, um den anderen Bruder nicht sehen zu müssen.

nilay zoky e

## Wie die Vögel den Himmel hoben und wie die Nacht geboren wurde

*Indianisches Märchen*

Vor langer, langer Zeit konnten die Vögel noch nicht so frei fliegen wie heute. Kaum flatterten sie etwas höher empor, stießen sie am blauen Himmel an. Damals reichte der Himmel nämlich fast ganz auf die Erde herunter, sodass die Vögel wie in einen Käfig eingesperrt waren.

Die Vögel kamen zu einer großen Beratung zusammen und beschlossen, den Himmel weiter in die Höhe zu stemmen. Da der Himmel aber für einen einzigen Vogel zu schwer war, wollten sie es gemeinsam angehen und zur gleichen Zeit auffliegen. Alle machten mit, die großen und die kleinen Vögel, Adler und Geier, Spechte und Finken, Spatzen und Kolibris.

„Ich weiche nicht zurück!", rief der Himmel entrüstet. „Nicht um Haaresbreite. Ich will alles aus der Nähe sehen, die Bäume und die Menschen und vor allem mein eigenes Spiegelbild im Wasser."

„Du musst uns mehr Platz lassen, sonst verkümmern unsere Flügel!", riefen die Vögel, die sich zunächst vergeblich gegen den Himmel gestemmt hatten, aber bald merkten, dass er ihrem Druck nachgab.

Schließlich gelang es ihnen, den Himmel so weit anzuheben, dass sogar der Adler und der Geier genug Raum zum Fliegen hatten. Die große Anstrengung hatte die Vögel zwar ermüdet, aber sie kehrten glücklich zur Erde zurück. Als sie sich in den Baumkronen niederließen, sahen sie eine Fledermaus, die ruhig auf einem Ast saß, so als ob nichts geschehen wäre.

„Dich hat es wohl gar nicht gestört, dass uns der Himmel fast erdrückt hätte?", fragten die Vögel erzürnt.

„Was kümmert mich euer Himmel! Ich will schlafen", gähnte die Fledermaus.

„Dann schlafe weiter, du selbstsüchtiges Geschöpf", sagte der Geier ärgerlich. „Aber von heute an schläfst du mit dem Kopf nach unten!"

Der Fledermaus war auch das gleichgültig, denn sie schlief mit dem Kopf nach unten ebenso gut wie vorher. Die Hauptsache war, dass sie schlafen konnte, sobald sie müde war. Bei den Menschen war das anders. Sie hätten sich gerne ausgeruht und geschlafen, doch es gab damals noch keine Nacht und die Sonne schien ununterbrochen.

„Als ich jung war, hörte ich von unseren weisen Männern eine Geschichte von zwei großen Töpfen, in denen das Dunkel verborgen ist“, erinnerte sich einmal der Älteste des Volkes.

„Dann wollen wir ausziehen, um die Töpfe zu suchen und das Dunkel herauszulassen!“, beschloss der Häuptling, und die jüngeren Männer brachen sofort auf.

Sie mussten sich den Weg durch dichte Wälder bahnen, sie mussten durch breite Flüsse schwimmen, durch Bäche waten, bevor sie zwischen hohen Bäumen endlich zwei Tontöpfe erblickten. Aus den Töpfen drang das Geheul der Eulen und das Gekreische der Nachtaffen. Aus beiden Töpfen kamen die Stimmen aller Tiere, die für die Nacht geschaffen waren.

Die Männer spannten schnell ihre Bogen und gleich darauf schwirrte ein solcher Pfeilregen gegen den kleineren Topf, dass er mit lautem Krachen zersprang. Und wie der schwärzeste Rauch quoll das Dunkel der Nacht daraus hervor.

„Zurück! Schnell zurück! Sonst begräbt uns das Dunkel und verwandelt uns alle in Tiere der Nacht“, befahl der Häuptling.

Zu Tode erschrocken flohen die Männer. Hinter ihnen lärmten die befreiten Tiere, die nach allen Seiten auseinander liefen, während das Dunkel sich ausbreitete. Kaum waren die Männer in ihr Lager zurückgekehrt, legten sie sich nieder und schlossen die Augen, damit ihnen der Zauber der Nacht nichts anhaben konnte. Gleich darauf brach die Dunkelheit herein, und seitdem kommt sie jeden Abend wieder.

Doch die so gewonnene Nachtruhe reichte den Menschen nicht aus. Kaum dass die Lagerfeuer erloschen waren, kehrte der Tag und mit ihm die anstrengende Arbeit zurück. Da erinnerten sie sich an den zweiten Topf mit dem Dunkel. Sein Inhalt müsste so viel zusätzliche Dunkelheit hergeben, dass die Menschen endlich ausgiebig schlafen könnten. Also beschlossen der Häuptling und die jüngeren Männer erneut aufzubrechen. Zum zweiten Male bahnten sie sich den Weg durch die Wälder, schwammen durch die Flüsse, wateten durch die Bäche und stiegen über Berge und Hügel.

Schließlich fanden sie den Topf wieder. Kaum hatten sie ihre Pfeile abgeschossen und kaum war der Topf auseinander gesprungen, da flohen sie auch schon wieder vor dem Gekreisch der Affen und dem Zauber der Nacht. Einer der Männer aber, der Uruwawa hieß, lief so überstürzt davon, dass er sich im Wald in einen Lianenzweig verstrickte und hinfiel. Bevor er sich erheben konnte, war er von der Finsternis eingefangen und der Zauberer der

Nacht verwandelte ihn in eine Nachtschwalbe. Die anderen Männer erreichten rechtzeitig ihre Hütten. Dort legten sie sich schnell auf den Boden, sodass die Nacht sie mit geschlossenen Augen fand. Von dieser Zeit an gibt es die langen Nächte, und keiner kann sich beklagen, dass er nicht genug Schlaf hat.

Aber selbst die ältesten Männer des Indianervolkes wissen nicht mehr, wann ihre Vorfahren ausgezogen sind, um die Dunkelheit aus den zwei großen Töpfen zu befreien.

Auch wann die Vögel den Himmel gehoben haben, weiß niemand mehr. Aber dass es ihnen gelungen ist, davon singen sie noch Tag für Tag.

## Vukub Cakix' Prahlerei und Ende

*Legende der Quiché-Indianer im südlichen Guatemala*

Damals hatte sich erst wenig Licht über die Erde verbreitet, da es noch keine Sonne gab. Himmel und Erde waren zwar schon vorhanden, aber das Antlitz von Sonne und Mond war noch verhüllt. Der Feuergott Vukub Cakix aber brüstete sich und sprach: „Ich bin mehr als alle geschaffenen Wesen; ich bin ihre Sonne, ich bin ihr Licht, ich bin auch ihr Mond; so soll es immerdar sein. Groß ist mein Glanz. Ich bin der, durch dessen Macht die Menschen ihre Wege auf der Erde gehen, denn aus Gold sind meine Augäpfel, sie glitzern von blauen Edelsteinen, und auch meine Zähne schimmern blau von eingelegten Steinen wie das Antlitz des Himmels. Und mein Schnabel sendet Lichtstrahlen in die Ferne gleich dem Mond; golden ist mein Thron und Licht überflutet das Antlitz der Erde, sobald ich vor meinen Thron trete. Darum bin ich Sonne und Mond für die Kinder der Dämmerung, und so soll es auch bleiben. Denn in weite Ferne reicht mein Blick." So sprach Vukub Cakix.

Doch alles, was er sagte, war gelogen; er prahlte nur mit seinem Gold und seinen Türkisen. Sein Blick war begrenzt, wenn er sich niederließ, und er reichte nicht über alles hinweg, was es unter dem Himmel gab. Aber die Menschen hatten Sonne, Mond und Sterne noch nicht mit eigenen Augen gesehen und es war noch nicht hell geworden. Darum konnte Vukub cakix sich auch brüsten Sonne und Mond zu sein, weil der Glanz von Sonne und Mond sich noch nicht geoffenbart hatte. Sein ganzes Trachten ging nur dahin, Ruhm und Ehre zu ernten …

Dass Vukub Cakix letztendlich doch noch seiner Macht beraubt wurde, ist den beiden Jünglingen Hunahpu und Xbalanque zu verdanken.

Sie waren ein göttliches Brüderpaar, und da sie ein Vergehen darin sahen, wie Vukub Cakix sich brüstete und seine Söhne es ihm nachtaten, so sprachen sie: „Es ist nicht gut, dass all dies geschieht."

Die beiden Söhne von Vukub Cakix hießen Zipacna und Cabrakan. Was Zipacna betrifft, so spielte er Ball mit den großen Bergen, die er selbst erschaffen hatte. Und sein Bruder Cabrakan pflegte die Berge zu erschüttern, er ließ die kleinen und großen Berge erbeben. Auf diese Weise hatten sie ebenfalls einen Anlass zur Prahlerei. Wenn Vukub Cakix sprach: „Seht her, ich bin die Sonne“, so entgegnete Zipacna: „Und ich habe die Erde gemacht“, und Cabracan behauptete: „Und über mich lacht der Himmel, wenn ich die Erde ins Wanken bringe.“

So standen die beiden Söhne ihrem Vater an Prahlerei nicht nach. Und das war es, was den Göttersöhnen Hunahpu und Xbalanque so missfiel, deshalb beschlossen sie allen dreien den Garaus zu machen.

Zunächst hielten sie Ausschau nach dem Feuergott in Gestalt des roten Arara.

Es gelang ihnen, den Futterplatz von Vukub Cakix zu erspähen: Es ist der Nantze, ein großer Baum mit seinen verlockenden Früchten. Verborgen im Blätterwerk dieses Baumes saßen die beiden Jünglinge, und als Vukub Cakix angeflogen kam und gerade über seinem Futterbaum anhielt, da wurde er von Hunahpu mit dem Blasrohr getroffen.

Doch damit war der listige Vukub Cakix noch längst nicht besiegt. Es bedurfte vonseiten des Brüderpaars noch etlicher Anläufe, bevor sie seiner Herr wurden und die richtige Sonne und der Mond aufgehen konnten.

# Phaeton

*Griechische Sage*

Des Sonnengotts Helios Palast stand hoch auf herrlichen Säulen erbaut und schimmerte von lichtem Gold und Karfunkel; die oberste Wölbung war von Elfenbein, breite Doppeltüren strahlten im Silberglanz und führten in eine hohe, sonnenlichte Halle. In diese trat der junge Phaeton, der Sohn des Helios, und verlangte nach seinem Vater. Nur von fern stellte er sich hin, denn in der Nähe war das strahlende Licht nicht zu ertragen.

Vater Helios, von Purpur umhüllt, saß auf seinem smaragdenen Thron, zu seiner Rechten und Linken stand sein Gefolge: der Tag, der Monat, das Jahr, die Jahrhunderte, umgeben von den lieblichsten Horen (Stunden), ferner der Lenz mit Blüten, der Sommer mit Ähren bekränzt, der Herbst mit dem Füllhorn voll Trauben und der Winter mit Schnee und Eis in Haaren und Mantel. Alle schauten neugierig auf den Jüngling.

„Was führt dich hierher in meinen Palast?", sprach Helios.

„Erlauchter Vater", entgegnete Phaeton, „man beschimpft mich und meine Mutter Klymene! Sie sprechen auf der Erde, ich erheuchle nur meine himmlische Herkunft und sei der Sohn eines unehrenhaften Vaters. Darum komme ich, um von dir ein Pfand zu erflehen, das mich vor aller Welt als deinen Sohn beglaubigt."

Helios umarmte ihn und sprach: „Ich werde dich und deine Mutter Klymene niemals verleugnen. Und damit du an mir nicht zweifelst, darfst du dir etwas wünschen. Ich schwöre dir beim Styx, dass deine Bitte erfüllt werden soll."

Phaeton vernahm diese Worte hocherfreut und rief: „Lass mich deinen geflügelten Sonnenwagen nur einen Tag lenken, das ist mein sehnlichster Wunsch, Vater!"

Der Sonnengott schüttelte bestürzt das Haupt. „Wehe, mein Sohn!", sprach er. „Niemals darf ich dir dies gewähren! Du verlangst ein Amt, dem deine Kräfte nicht gewachsen sind, und erstrebst mehr, als selbst den Göttern vergönnt ist. Niemand außer mir vermag auf der glutensprühenden Achse zu stehen. Wenn ich auf meinem Wagen über den höchsten Himmel hinwegfahre und in die Tiefen herniederblicke, erfasst mich selbst oft Grausen und Schwindel. Der Weg ist unendlich mühsam und gefährlich. Darum fordere kein so verderbliches Geschenk! Ändere deinen Wunsch und verlange, was du sonst von allen Gütern des Himmels und der Erde haben möchtest; du sollst es bekommen.“

Der Jüngling aber ließ sich nicht abbringen, und da Helios beim Styx geschworen hatte, musste er den Schwur halten. So nahm er denn seufzend seinen Sohn bei der Hand und führte ihn zu dem Sonnenwagen, dem Meisterstück des Hephaistos. Von lichtem Golde war der Wagen, die Speichen silbern, und vom Joche schimmerten Chrysolithen und Rubine.

Während Phaeton noch die herrliche Arbeit bestaunte, tat im Osten die erwachte Morgenröte bereits ihr Purpurtor auf. Die Sterne verschwanden, als Letzter der Morgenstern, und die äußersten Hörner des Mondes verloren sich am Rande des Horizonts.

Widerwillig gab Helios den Horen den Befehl, die Rosse zu schirren. Eilends führten diese die von Ambrosia satten und feurigen Tiere von den Futterkrippen weg und legten ihnen Zaumzeug und Geschirr an.

Indessen bestrich Helios das Antlitz seines Sohnes mit einer duftenden Salbe, die seine Haut vor den Flammen der Sonne schützen sollte. Bedrückt band er ihm die Strahlenkrone um die Locken und sprach: „Kind, sei vorsichtig mit den Sporen und brauche möglichst nur die Zügel, denn die Rosse rennen von selbst. Es kostet viel Mühe, sie im Fluge zu halten. Du siehst deutlich das Gleis der Räder. Bleibe in diesem und senke dich nicht zu tief, sonst gerät die Erde in Brand, fahre aber auch nicht zu hoch, sonst entzündest du den Himmel. Doch noch ist es Zeit! Besinne dich, mein Sohn, ehe die Nacht ganz entflieht. Überlass mir die Fahrt, gib mir die Zügel und lass mich – wie gewohnt – der Welt das Licht spenden!“

Doch der Sohn schien diese flehenden Worte nicht zu verstehen. Er hielt die Zügel freudig in den Händen und nickte seinem Vater lächelnd zu. Alsbald öffneten sich die Pforten, und mit feurigem Schnauben und Wiehern stürmten die vier Flügelrosse hinaus in die dämmerige Frühe. Die Welt lag im unendlichen Raum vor den Blicken des Jünglings, indes die ungestümen Renner die steilen Bahnen emporflogen und die vor ihnen aufdampfenden Morgennebel spalteten.

Bald spürten die Rosse, dass der Wagen nicht gewohnte Last hatte, sondern Sprünge machte und schwankte wie ein Schiff, das nicht das rechte Gewicht hat. Als sie zudem merkten, dass der bisherige starke Lenker fehlte, liefen sie nicht mehr in der alten Ordnung und verließen die gewohnten Bahnen.

Phaeton begann zu zittern, er war des Weges unkundig und wusste nicht, wie er die Rosse lenken und bändigen sollte. Er sah rückwärts: Schon lag ein Teil des Himmels hinter ihm, aber viel mehr dehnte sich vor ihm aus. Als er dann auch noch hinabsah auf die sich tief unter ihm hinstreckenden Lande, schwindelte ihm, er wurde blass und seine Knie wankten. Entsetzt starrte er in die Weite, zog die Zügel an und wollte den Rossen zurufen, aber er hatte deren Namen vergessen. Mit Grauen sah er am Himmel die erschreckenden Sternbilder.

Plötzlich schauderte ihn, er ließ die Zügel fahren, und als diese herabschlenkernd den Rücken der Pferde berührten, wurden sie scheu und schweiften ab in fremde Luftgebiete. Sie stürmten steil empor und sofort wieder tief hinab. Mal stießen sie an den Fixsternen an, mal wurden sie auf jähem Pfade in die Nähe der Erde abwärts gerissen.

Dabei berührten sie die erste Wolkenschicht, die entzündet Dampf entwickelte. Immer tiefer sank der Wagen und war unversehens einem Gebirgsstock nahe gekommen. Da lechzte der Boden vor Hitze und spaltete sich entzwei. Das Heidekraut wurde gelb und begann zu glimmen, das Laub der Waldbäume loderte auf und brachte die Feuerlohe hinab in das ebene Land. Die Saat wurde von den Flammen verzehrt, ganze Städte gingen in Feuer auf und die Ströme versiegten.

Mit Schauder sah Phaeton den Erdkreis entzündet. Die Glut wurde ihm unerträglich. Der Qualm und die vom Brand aufsteigende Asche machten ihm schwer zu schaffen. Das Flügelgespann riss ihn widerstandslos mit sich fort und es wurde Nacht vor seinen Augen. Da ergriff die Glut seine Haare, er stürzte aus dem Wagen, wurde einer Sternschnuppe gleich brennend durch die Luft gewirbelt und flog in den Strom Eridanos.

Mitleidige Najaden begruben ihn, sein armer Vater Helios aber verhüllte sein Gesicht in tiefer Trauer und seine Mutter Klymene weinte mit ihren Töchtern, den Heliaden, so lange um ihn, bis die Schwestern in Erlen und ihre Tränen in Bernstein verwandelt wurden.

## Wie Spe-Ow mit der Sonne spielte

*Indianisches Märchen*

Spe-ow ist der Häuptling der Spiele. Er verwandelt sich vor euren Augen im Handumdrehen in einen Riesen oder in einen Silberfuchs. Kein Pfeil kann ihm etwas anhaben. Dort, wo er ist, wird der wildeste Kriegszug zu einem gemütlichen Schmauchen mit der Friedenspfeife. Spe-ow ist unsterblich! Als richtiger Spiel-Häuptling reicht er euch kaum bis zum Knie, und würde er sich im Gras verstecken, dann könntet ihr ihn nicht finden. Allerdings ist Spe-ow alles andere als schön. Vom Kinn weht ihm ein langer, weißer Bart, aus seinem Mund ragen, wie bei einem Puma, zwei scharfe Reißzähne hervor, und die Augen hat er wohl von einem Hummer geerbt, denn sie hängen ihm aus der Stirn wie zwei Knöpfe an schon recht abgenutzten Zwirnsfäden.

In seine Geheimnisse und Verstecke ist nur seine Großmutter Kiki, ein blauer Häher, eingeweiht. Wenn ihr einmal irgendwo eine Häherfeder findet, könnt ihr gewiss sein, dass auch Spe-ow in der Nähe war.

Über die Tatsache, dass Spe-ow immer zu spielen verstand und dabei unzählige Abenteuer erlebte, berichtet auch eine Begebenheit aus der Zeit, als die Welt noch in eine Decke tiefster Finsternis eingehüllt war. Schon damals war kein Winkel in der ganzen Welt vor Spe-ow sicher. So kam er einmal an eine Stelle, an der ein haarfeiner Lichtstrahl aus dem dunklen Himmel fiel. Das war sogar für den mit allen Wassern gewaschenen Spe-ow unverständlich. Inmitten der finsteren, undurchdringlichen Welt lag plötzlich auf dem Boden ein winziger heller Fleck. Spe-ow ging vorsichtig um den Fleck herum und beroch ihn dann, allerdings umsonst, denn Licht ist geruchlos.

„He – Kiki! Sieh dir das an! Da ist von oben etwas herabgestiegen und hat einen Faden hinterlassen! Wir müssen nachschauen gehen!“ Dabei zeigte er zum dunklen Himmel hinauf.

Nun konnte Spe-ow nichts mehr aufhalten. Er fasste nach dem Strahl, umschlang ihn mit seinen winzigen Beinen und kletterte aufwärts. Da ihn Großmutter Kiki nicht aus den Augen verlieren wollte, musste sie ihm folgen. Weil sie fliegen konnte, überholte sie ihn natürlich, und so kam es, dass die Häherflügel schon weit oben flatterten, während Spe-ow sich noch an dem feinen Lichtstrahl abmühte. Schließlich gelangte aber auch er an den Spalt zur unbekannten oberen Erde.

„Wir wissen gar nicht, was mit uns geschehen kann. Am besten, du versteckst dich dicht neben dem Loch, damit niemand den Faden losbinden kann. Ich verwandle mich inzwischen in einen Biber und werde weiter oben erkunden", flüsterte Spe-ow der Großmutter zu. Den Biber wählte er deshalb, weil dort, wo er sich befand, ein Sumpf war.

Biber Spe-ow war schon ziemlich weit von der Großmutter entfernt, als eines seiner Beine plötzlich in eine Falle geriet, sodass er nicht mehr von der Stelle konnte. Er blieb so lange gefangen, bis der himmlische Häuptling Snoqualm vorbeikam, den vermeintlichen Biber aus der Falle befreite und ihn mit nach Hause nahm. Unterwegs redete er mit sich selbst und malte sich genüsslich aus, wie gut ihm die fette Bibersuppe schmecken würde.

Snoqualm machte gerade Feuer, als auf acht langen Beinen der Spinnen-Häuptling in die Hütte trat.

„Ich habe den feinsten Lichtfaden gewebt, den es überhaupt gibt, und dennoch ist es jemand gelungen, von der Erde zu uns emporzuklettern. Verstecke sofort die Sonne und die Sterne, damit sie der Eindringling nicht etwa mitnimmt!", sagte er zu Snoqualm.

Der band den Biber an einem Pflock fest und ging mit dem Spinnen-Häuptling fort. Spe-ow versuchte nicht, sich zu befreien, er wartete, was weiter geschehen würde. Auf dem Herd brodelte derweilen das Wasser für die Bibersuppe.

Der himmlische Häuptling kam bald zurück und brachte die Sonne, die Sterne und ein Kästchen mit; er versteckte alles hinter einem Balken in der Hütte und lief wieder hinaus.

Nun wartete Spe-ow nicht länger. In aller Eile durchbiss er den Strick, nahm wieder seine Zwergengestalt an und brachte seinen zerrauften Bart in Ordnung. Den Topf mit dem kochenden Wasser stürzte er um, danach nahm er die Sterne unter einen, die Sonne unter den anderen Arm, und mit einer Hand drückte er das Kästchen mit dem geheimnisvollen Inhalt an die Brust. Und schnell wie der Blitz rannte er zur Himmelsöffnung zurück.

Unterwegs kam er an einem Fichtenwald vorbei.

„Was sind das für Bäume! Die haben ja lauter Nadeln!", wunderte sich Spe-ow. Er holte tief Atem, blies die Fichten an, und sogleich fielen drei Bäume um. Er verwandelte sie eilig in kleine Späne und nahm sie mit.

„Großmutter Kiki! Nur schnell weg von hier, sonst fängt uns Snoqualm noch“, rief er schon von weitem, und ohne darauf zu achten, ob die Großmutter ihm folgte oder nicht, sprang er in die Öffnung und sauste an dem Lichtstrahl hinunter. Unter dem Arm, mit dem er sich festhielt, fielen die Sterne hervor und verteilten sich am Himmelsgewölbe, so wie wir sie heute noch sehen.

Wären Spe-ow und Großmutter Kiki nur einen Augenblick länger geblieben, hätten sie nicht mehr auf die Erde zurückkehren können, denn kaum hatten sie festen Boden unter den Füßen, erschien Snoqualms wütendes Gesicht in der Himmelsöffnung und der Spinnen-Häuptling zog den Lichtstrahl nach oben.

Spe-ow aber steckte die Späne in den Boden und verwandelte sie wieder in hohe Fichten. Damit schenkte er der Erde die ersten Bäume. Das geheimnisvolle Kästchen stellte er vorsichtig ins Moos. Als er den Deckel einen Fingerbreit hochhob, konnte er nur staunen. Aus der Öffnung quoll Tageslicht, das liebkoste zuerst den roten Felsen, dann den gelben Sand, das grüne Gras und das blaue Wasser in der Umgebung, um sich schließlich bis zu den weit entfernten Hügeln und Bergen auszubreiten. Spe-ow konnte der Versuchung nicht widerstehen und schlug den Deckel ganz zurück. Auf einmal war auf der Welt heller Tag und die verwunderlichen Vögel, die bisher stumm gewesen waren, begannen zu singen und schmetterten ihre Lieder so laut hervor, dass sie darüber selbst erschraken.

Sogar Häher-Großmutter Kiki schrie lauthals „rrreee – rrree“.

Der erste Tag löste auf der ganzen Erde Begeisterung aus. Sogar Spe-ow verfiel ihr. Er packte die Sonne und lief mit ihr auf die bunte Wiese hinaus. Dort schleuderte er sie mit aller Kraft in die Höhe. Die anfangs rote Sonne erhitzte sich im Flug immer mehr, bis sie weiß glühend war. Die zu ewigem Schlaf verwünschten Menschen erwachten, und weil es plötzlich so warm geworden war, mussten sie ihre Kittel aus Ziegenhaut ablegen. Den ganzen Tag über flog die Sonne durch die Luft, erst am Abend fiel sie irgendwo hinter dem großen Wasser nieder.

Unter uns gesagt: Mit der Sonne kann man leicht herumwerfen. Das eigentliche Kunststück besteht darin, sie wieder zurückzuholen. Aber Spe-ow brachte auch das spielend zustande. Er öffnete das Kästchen, stopfte das Tageslicht wieder hinein, klappte den Deckel zu und schlich im Dunkel der verschwundenen Sonne nach. Niemand weiß, welchen Weg er ging und geht und wo er die Sonne wieder fand und wieder findet. Jedenfalls ist er mit ihr über Nacht immer wieder zurück. Am Morgen lässt er das Tageslicht erneut heraus: Zuerst öffnet er das Kästchen einen kleinen Spalt, sodass nur die entfernten Hügel und die hohen Felsen hell werden, während in den tiefen Tälern das Dunkel langsam schwindet, und erst dann schlägt er den Deckel ganz zurück und es wird überall Tag.

„Spe-ow ist mit dem Tag, er ist mit der Sonne wieder da!", sagt der erste Vogel.

„Spe-ow ist da!", ruft ein zweiter.

„Spe-ow ist da! Spe-ow ist da!", ruft ein dritter.

„Spe-ow!" – „Spe-ow!" – „Spe-ow!", muss jeder von ihnen sagen, und weil es so viele Vögel gibt, dauert es sehr lange, bevor alle an die Reihe gekommen sind. Und alle schauen von den Bäumen und aus den Felsennestern zu, wie Spe-ow auf die Wiese läuft und die Sonne über seinen Kopf hochschleudert.

Tag für Tag öffnet Spe-ow das Kästchen und wirft die Sonne in die Höhe, und Abend für Abend schließt er das Kästchen, und die Sonne fliegt weit fort. Wenn aber das Gras auf der Wiese gelb wird, wenn die Flüsse ansteigen und die Berge mit Schnee bedeckt sind, ist Spe-ows Reise, die Sonne zurückzuholen, nicht mehr so einfach. Er kommt dann oft frierend oder ganz durchnässt wieder, und weil der Weg so beschwerlich ist, dauert es natürlich viel länger. Er beeilt sich jedoch immer sehr, um das Kästchen mit dem Tageslicht öffnen zu können. Und bisher ist es ihm auch immer gelungen.

Habt ihr einmal gesehen, wie sich nachts das hohe Gras wiegt? Habt ihr einmal gehört, wie es rauscht? Das ist nicht der Wind, sondern Spe-ow, der gerade vorbeieilt und die Sonne auf ihren Platz zurückrollt. Haltet für ihn und für uns alle die Daumen, damit er immer wieder rechtzeitig da ist.

## Der Sonnenraub

*Legende der Mohawk-Indianer*

Als Oterongtongnia wieder einmal umherwanderte, bemerkte er zu seinem Erstaunen, dass es plötzlich dunkel geworden war. Er sann nach und sprach: „Das ist ja sonderbar; was ist denn nur los?“ Darauf kehrte er nach Hause zurück und fand die Sonne nicht mehr an ihrem alten Platz. Er sah sich um und bemerkte in der Ferne einen ganz schwachen Lichtschimmer. In jener Richtung musste also die Sonne sein, und er suchte sich Genossen, die ihn begleiten würden, um die Sonne zurückzuholen. Die Spinne erklärte sich bereit, ebenso der Biber, der Hase und der Fischotter. Da bauten sie sich ein Boot, und als sie damit fertig waren, setzten sich alle hinein und begannen zu rudern, indem sie Kurs in jene Richtung nahmen, aus welcher der Lichtschimmer kam.

Sie gelangten zu einer Insel, auf der viele Bäume wuchsen. Die Bäume standen dicht beieinander und auf ihren Kronen ruhte die Sonne. Da sprach Oterongtongnia: „Du, Biber, nagst den Baum an, dass er fällt; du, Spinne, kletterst hinauf und befestigst an seiner Spitze deinen Faden, dann lässt du dich wieder an dem Faden zur Erde herab. Du, Hase, musst die Sonne ergreifen, sobald der Baum umfällt; du bist ja erfahren in der Kunst, im Unterholz auf der Lauer zu liegen. Du aber, Otter, sollst auf das Boot Acht geben. Wenn wir alle wieder an Bord gegangen sind, wendest du das Boot sogleich zur Heimfahrt.“

Alles verlief so, wie er gesagt hatte. Der Biber biss große Stücke aus dem Baum und die Spinne kletterte auf seine Spitze und befestigte ihren Faden, mit dem der Baum gefällt werden sollte. Der Baum kippte nach vorn über und der Hase stürzte aus dem Unterholz und ergriff die Sonne. Leichtfüßig schlüpfte er auf das Boot zu, in dem die anderen schon warteten. Er sprang hinein, gleichzeitig stieß der Otter ab und alle begannen zu rudern.

Als man wieder zu Hause angekommen war, sprach Oterongtongnia: „Künftig soll nicht mehr ein einzelnes Wesen Gewalt über die Sonne haben.“ Darauf warf er die Sonne zum Mittelpunkt des Himmels empor und sprach: „Da am Himmel sollst du hangen und ohne Unterlass westwärts wandern.“ Dann wies er dorthin und sprach: „Westen werden die Menschen den Ort nennen, zu dem du täglich hinabsteigst, um zu versinken. Dann wird

Finsternis über die Erde hereinbrechen. Osten werden sie den Ort nennen, wo du täglich wieder zum Vorschein kommst, und die Menschen werden sagen, dass die Sonne aufgegangen ist. Von dort sollst du zum Himmel emporsteigen. Die Aufgabe, die du täglich zu erfüllen hast, sei, der Erde Licht zu spenden."

Danach kam die Reihe an den Mond. Auch ihn warf er an den Himmel hinauf und sprach: „Der Glanz deines nächtlichen Lichtes soll geringer sein. Zuweilen werden sie deine Scheibe voll sehen, aber jede Nacht soll sich ihre Fläche verringern, bis sie ganz verschwunden ist. Dann sollst du wieder in jeder Nacht wachsen, von einer schmalen Sichel bis zur vollen Gestalt. Und so soll es immerdar bleiben."

## Wie Fuchs und Rabe den Mond stahlen

*Märchen der Kutchin-Indianer (Kanada)*

Vor langer Zeit, als der Mond noch auf der Erde weilte, da gehörte er dem Bären; er war ein großer, runder Ball und sah aus wie ein Klumpen Seehundsfett.

Die meisten der Tiere sehnten sich damals nach dem Licht des Mondes und beneideten den Bären um seinen Besitz. Der Bär hingegen bevorzugte die Dunkelheit und deshalb verwahrte er den Mond – eingeschnürt in einen Sack – dicht neben seinem Bett.

Der Fuchs, der das Mondlicht gern für sich haben wollte, beschloss, es dem Bären zu stehlen. Er bat den Raben, der ein Verwandter des Bären war, ihm dabei zu helfen. Der Rabe, der das Mondlicht ebenfalls besitzen wollte, war dazu bereit.

Eines Abends gingen sie zusammen zum Lager des Bären, um ihren Plan auszuführen.

Nachdem der Bär sie willkommen geheißen hatte, begann der Rabe Geschichten zu erzählen. Der Bär wurde bald schläfrig, doch der Rabe erzählte ohne Unterlass eine Geschichte nach der anderen.

Darüber fiel der Bär, der sich vor Müdigkeit nicht mehr aufrecht halten konnte, in ein Nickerchen. Jedes Mal, wenn er zwischendurch aufwachte, hörte er, wie der Rabe mit eintöniger Stimme immer noch seine Geschichten herunterleierte.

Daraufhin schlief der Bär fest ein.

Währenddessen hatte sich der Fuchs umgeschaut, wo der Bär den Mond versteckt halten könnte. In der Nähe des Bettes stieß er auf den verschnürten Sack und griff ihn sich, nachdem der Bär in tiefem Schlummer lag. Der Fuchs lief mit dem Sack ins Freie, öffnete ihn und schleuderte den Mond an den Himmel.

Als der Mond gerade in den Himmelsraum absegeln wollte, erwachte der Bär und begriff, was geschehen war. Er lief hinaus und rief: „Komm zurück, Mond! Du sollst nicht scheinen!“

Der Fuchs hingegen rief dem Mond zu: „Segle weiter und gib uns viel Licht!“

Der Mond wusste nicht, wem er gehorchen sollte. Und um es beiden recht zu machen, versteckte er sich zeitweilig, um dann für längere Zeit wieder zu scheinen.

Das ist der Grund, warum es jeden Monat an einer Reihe von Tagen viel Mondschein gibt und an anderen überhaupt keinen.

## Warum der Mond zuweilen unsichtbar ist

*Erzählung der Bataker auf Sumatra*

Einst weidete ein Kuhhirte seine Herde am Waldrand. Plötzlich fiel ein gewaltiger Regen vom Himmel herab, und deshalb suchte er Schutz unter den blattreichen Bäumen.

Da tauchte ein gewaltiges Ungeheuer in Gestalt einer Schlange vor ihm auf. Mit dem Schwanze hielt sie ihre Eier fest, während sie den Kopf nach rechts und nach links drehte und nach Nahrung spähte.

Der Hirte erkannte, dass er in den Bereich der Hala na godang, der Großen Schlange, geraten war. In seiner Angst griff er nach den Steinen, die um ihn herum am Boden lagen, und warf damit nach der Schlange. Dabei zerbrachen all ihre Eier.

Wütend zischte die Schlange den Hirten an: „Du hast meinen Kindern das Leben genommen, dafür nehme ich dir jetzt das deinige."

Der Hirte ergriff eilends die Flucht und die Schlange rollte in mächtigen Windungen hinter ihm her, doch sie konnte ihn nicht einholen.

Als der Hirte am Ende der Welt angekommen war, sprang er in den Luftraum, und die Schlange folgte ihm auch dorthin. Da erblickte der Hirt den Mond, den er sogleich um Hilfe bat. Aber die Schlange hatte ihn schon eingeholt und berichtete dem Mond von dem, was der Hirte ihr angetan hatte.

Der gutmütige Mond wollte den Hirten vor der Rache der Schlange retten, wusste aber nicht, auf welche Weise. Deshalb bat er die Sonne um Unterstützung. Sie kamen überein, der Schlange vorzuschlagen, sich von dem Hirten mit genügend Nahrung entschädigen zu lassen.

Das Ungeheuer bestand jedoch darauf, den Zerstörer der Eier zu verschlingen. Sonne und Mond hingegen waren damit nicht einverstanden.

Schließlich versuchte der Mond einzulenken und machte ein großmütiges Angebot: An Stelle des Hirten wollte er sich selber verschlingen lassen, und zwar Monat für Monat.

So geschieht es, dass der Mond nach Ablauf von neunundzwanzig Nächten regelmäßig unsichtbar ist. Dann nämlich wird er von der Großen Schlange verschlungen und er windet sich durch ihren Körper, bis er wieder zum Vorschein kommt.

## Der silberne Hase in der Schatulle

*Märchen der Shans (Birma)*

Der Mond ist ein silberner Hase, der in einer Schatulle wohnt. In der ersten Nacht des zunehmenden Mondes öffnet er den Deckel der Schatulle ein kleines bisschen und lugt heraus. In der zweiten Nacht stößt er den Deckel ein wenig mehr auf, in der dritten noch mehr, und das wiederholt er jede Nacht, bis er zur Nacht des Vollmondes ganz aus der Schatulle heraussteigt.

Dann zieht er sich allmählich wieder in seine Behausung zurück und schließt den Deckel Nacht für Nacht im selben Maße, wie er ihn vorher geöffnet hat, bis er sich gänzlich in der Schatulle verborgen hat und alles dunkel ist.

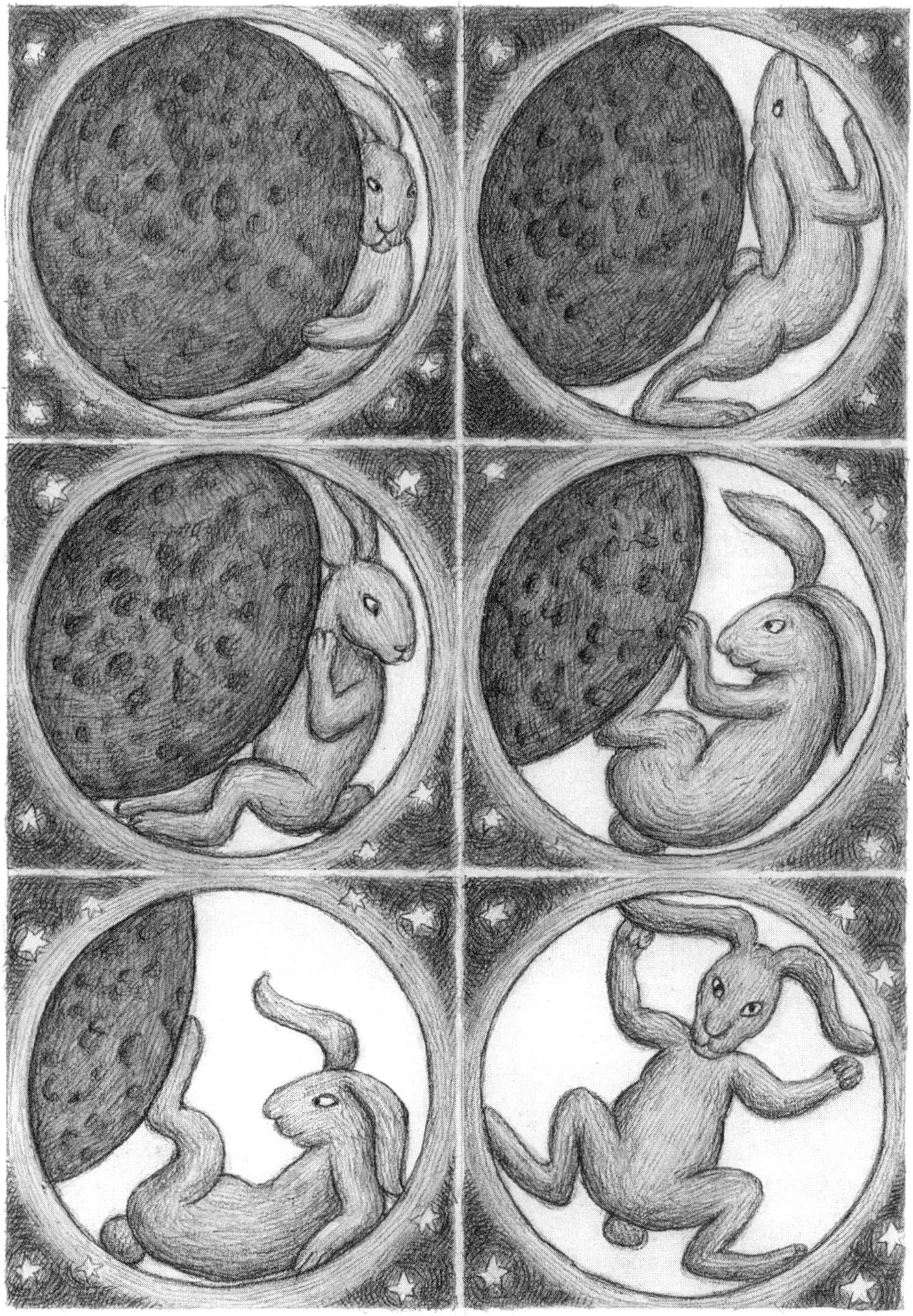

## Der Mondgott und die Schildkröten

*Legende der Maya (Mexiko)*

Wie die Legende berichtet, glaubten die Maya, dass der Mond als Gottheit seine Wohnstätte auf Erden hatte. Tagsüber hauste er in einer Korallengrotte, die die Form eines Schneckenhauses hatte. Doch jeden Abend kam er aus seiner Grotte hervor und stieg zum Himmel auf. Bis zum Morgengrauen hatte er den Himmel in seiner ganzen Breite durchmessen und leuchtete als große, goldschimmernde Kugel auf die Erde herab. In jenen längst verflossenen Tagen war nämlich immer Vollmond.

Als der Mondgott eines Morgens in seine Korallengrotte zurückkehrte, musste er entdecken, dass sich auf seinem Ruhelager eine kleine grüne Schildkröte niedergelassen hatte. Und da das Ruhelager des Mondgottes nur ihm allein Platz bot und er sehr schläfrig war, vertrieb er die kleine grüne Schildkröte von seinem Lager und warf sie aus der Grotte hinaus.

Am folgenden Abend machte sich der Mondgott wie gewohnt daran, seine Reise über den Himmel anzutreten. Doch als er am nächsten Morgen ermüdet heimkam, fand er eine größere grüne Schildkröte auf seinem Lager vor. Aber auch sie wurde – genau wie die erste – hinausgeworfen, sodass der Mondgott sich zur Ruhe begeben konnte.

Als der Mondgott am dritten Morgen nach seiner Himmelswanderung heimkam, fand er eine riesenhafte grüne Schildkröte auf seinem Ruhelager. Sein Ärger verwandelte sich in helle Wut, weil er viel Zeit brauchte, um die Riesenschildkröte aus der Korallengrotte zu drängen.

Und der Mondgott sprach zu sich: „Hier muss etwas geschehen!“

Er machte sich auf den Weg zu seinem Freund, dem Wassergott. Nach langem Reden kamen die beiden auf eine brauchbare Lösung. Der Wassergott erklärte sich bereit, die Korallengrotte jede Nacht zu bewachen, während der Mondgott seine Bahn zog und sein Licht auf die Erde warf. Für den Fall, dass der Wassergott aufgerufen werden sollte, während der Nacht Regen auf die Erde zu gießen, müsste der Mondgott schnell zurückkehren, um selber auf sein Ruhelager Acht zu geben. Denn wenn der Himmel mit Regenwolken bedeckt war, konnte er ohnehin nicht scheinen.

Für eine ganze Zeit ging das gut, doch eines Abends schien es dem Wassergott lästig zu sein, auf die Grotte Acht zu geben. Er kam einfach nicht und war auch nicht am Himmel zu sehen. Danach hätte der Mondgott seine Reise antreten müssen.

Doch diesmal wollte der Mondgott vorsichtig sein; er schickte nur einen Teil von sich auf die Reise. Der Rest von ihm blieb in der Grotte, um Wache zu halten. Da nichts geschah, wurde die Befürchtung des Mondgottes immer geringer, dass eine der grünen Schildkröten wieder sein Lager aufsuchen würde. Also schickte er jeden Abend immer größere Teile von sich auf die Reise, bis er schließlich wieder als Ganzer über den Himmel zog.

Es dauerte aber nicht allzu lange, da beobachtete der Mondgott vom Himmel aus, wie eine grüne Schildkröte seine Korallengrotte ansteuerte. Eilends schickte der Mondgott einen Teil von sich heim, um das Ruhelager zu bewachen.

Und dabei ist der Mond geblieben. Er darf nicht lange so leichtsinnig sein und als Ganzer über den Himmel ziehen, denn es könnte sein, dass sich gerade dann wieder eine grüne Schildkröte in seine Korallengrotte schleicht und auf seinem Ruhelager Platz nimmt.

## Vom Hund, der den Mond jagt

*Aus Birma*

Eine arme Witwe, die im Sterben lag, rief ihre beiden Enkelsöhne zu sich ans Bett und sprach zu ihnen: „Ich kann euch leider nicht Gold und Silber als Erbe hinterlassen, so wie andere Großmütter es tun. Doch dem älteren von euch vermache ich meinen Mörser, und der jüngere soll meinen Stößel bekommen. Beides findet ihr in der Küche."

Bald darauf starb die alte Frau. Der ältere der beiden Brüder murrte: „Was soll ich mit einem Mörser anfangen? Bin ich eine alte Frau, die Körner zermahlen muss? Oder bin ich gar ein Diener, der damit in der Küche stampfen muss?" Er schlug das Erbe aus und suchte sich Arbeit in einem anderen Dorf. Er arbeitete hart und brachte es zu Wohlstand.

Der jüngere Bruder aber hatte großes Vertrauen zu seiner verstorbenen Großmutter und dachte sich: „Ganz gewiss hat der Stößel einen bestimmten Wert für mich, sonst hätte sie ihn mir nicht vermacht!" Und so trug er den Stößel zum größten Vergnügen seiner Nachbarn immer mit sich herum. Seinen Lebensunterhalt verdiente er sich durch Sammeln von Brennholz, das er in seinem Dorf verkaufte. Damit konnte er nur recht und schlecht leben und blieb sehr arm.

Als er eines Tages wieder im Wald Brennholz sammelte, tauchte eine große Schlange auf. Voller Angst kletterte er auf einen Baum. Zu seiner großen Überraschung sprach ihn die Schlange an: „Hab keine Angst, ich tue dir nichts. Ich möchte nur deinen Stößel ausleihen."

„Wozu brauchst du ihn denn?", fragte der jüngere Bruder.

„Mein Mann ist eben gestorben", antwortete die Schlange, „wenn du aber deinen Stößel an seine Nasenlöcher hältst, wird er wieder zum Leben erwachen."

„Mir ist nicht bekannt, dass mein Stößel Zauberkräfte haben soll", sagte der jüngere Bruder ungläubig.

„Dann komm mit mir und du wirst es erleben", sagte die Schlange.

Die Neugier siegte über die Furcht, und so stieg der jüngere Bruder vom Baum herab und folgte der Schlange in einen anderen Teil des Waldes, wo der tote Schlangenmann lag.

„Was habe ich nun zu tun?", fragte der jüngere Bruder.

„Halte den Stößel nur an seine Nasenlöcher“, sagte die Schlange.

Er tat so, wie ihm geheißen, und zu seinem Erstaunen kehrte im selben Augenblick das Leben in den toten Schlangenkörper zurück. Die beiden Schlangen waren überglücklich und dankten ihm.

„Die Kraft des Stößels liegt in seinem Geruch“, erklärte die Schlangenfrau. „Du musst nur eines beachten: Du darfst zu niemandem darüber reden. Denn nur so lange, wie du das Geheimnis für dich behältst, bleibt die Zauberkraft des Stößels erhalten.“

Die beiden Schlangen bedankten sich noch einmal und zogen ihres Weges.

Der jüngere Bruder machte sich auf den Rückweg in sein Dorf. Auf einem der Waldpfade fand er den Körper eines Hundes, der schon längere Zeit tot war und bereits nach Verwesung roch. „Da will ich doch gleich den Stößel noch einmal probieren“, sagte er zu sich selbst. Er kniete nieder und hielt dem Hund den Stößel an die Nasenlöcher.

Sofort sprang der Hund auf und begann dem jüngeren Bruder die Hand zu lecken. Dieser beschloss den Hund zu behalten, und er nannte ihn „Meister Putrid“, was so viel bedeutet wie: „Herr über die Verwesung“. Der Hund wurde sein treuer Diener und Begleiter.

In der nachfolgenden Zeit wandte der jüngere Bruder bei vielen toten Tieren und Menschen den Stößel an und jedes Mal wirkte die Zauberkraft. Er wurde bald als großer Arzt und Heiler bekannt, der sogar Tote auferwecken konnte. Allerdings kam nie jemand auf den Gedanken, dass es der Stößel sein könnte, der die Wiedererweckung bewirkte. Fragte jemand den jüngeren Bruder, warum er immer den Stößel mit sich herumtrage, so pflegte er zu antworten, dass er dieses Abschiedsgeschenk von seiner Großmutter als Glücksbringer betrachte und deshalb immer bei sich habe.

Der Ruhm des jüngeren Bruders verbreitete sich bis an die Grenzen des Landes. So hörte auch der König davon, dessen einzige Tochter gestorben war. Er ließ den jüngeren Bruder kommen. Nachdem man ihn mit der Verstorbenen allein gelassen hatte, erweckte er sie zu neuem Leben. Aus Dankbarkeit gab ihm der König seine Tochter zur Frau, und so wurde aus dem armen Brennholzsammler der Kronprinz des Landes. Das hinderte ihn aber nicht, seine Wiedererweckungen im ganzen Königreich fortzusetzen, bis überall nur noch Glückseligkeit herrschte.

Eines Tages kam dem jüngeren Bruder der Gedanke, dass sein Stößel vielleicht auch das Alter besiegen könnte, wenn er sogar mit dem Tod fertig wurde. Nur zum Versuch hielt er seiner Frau, der Prinzessin, und sich selbst den Stößel an die Nasenlöcher. Die Prinzessin verstand zwar nicht, worum es ging, doch da sie wusste, welch tüchtiger Arzt er war, vertraute sie ihm und ließ die seltsame Handlung über sich ergehen.

Ein paar Wochen später fiel dem jüngeren Bruder auf, dass weder er noch die Prinzessin gealtert waren und dass er das Geheimnis der ewigen Jugend gefunden hatte.

Aber so eine Entdeckung lässt sich nicht für immer geheim halten.

Es war der Mond, der von seinem Platz am Himmel beobachtete, wie der jüngere Bruder immer wieder den Stößel an seine Nasenlöcher und an die der Prinzessin hielt. Dabei fiel ihm auf, dass es auf Erden zwei Sterbliche gab, die ebenso wenig alterten wie er selbst.

Der Mond geriet außer sich vor Eifersucht und Zorn. „Sogar die Sonne altert, denn Abend für Abend wird sie rot und unansehnlich", sagte er zu sich selbst. „Bislang war ich der Einzige, der mit ewiger Jugend gesegnet war, und nun bilden diese beiden da unten sich ein, sie könnten auch ewig jung bleiben. Dem werde ich ein Ende machen."

Der Mond hatte erkannt, dass es nur darauf ankam, den Zauberstößel zu stehlen, und so wartete er geduldig auf eine entsprechende Gelegenheit.

Wie es der Zufall wollte, geschah es eines Tages, dass der Stößel feucht und angeschimmelt wirkte. Deshalb legte der jüngere Bruder ihn zum Trocknen in die Sonne und setzte sich dazu. Wegen all der Aufmerksamkeit, die ihr Mann einem gewöhnlichen Küchengerät schenkte, war die Prinzessin schon ein wenig eifersüchtig, und sie sagte zu ihm: „Mein Gemahl, es schickt sich nicht für einen Kronprinzen, einen alten Stößel in der Sonne zu trocknen und ihn außerdem auch noch zu bewachen. Dafür haben wir schließlich unsere Wachsoldaten."

„Nein", sagte der jüngere Bruder, „das muss ich selber tun." Aber die Prinzessin blieb hartnäckig, und so gab er nach. „Diese Aufgabe kann ich aber nicht jedem anvertrauen", sagte er und dachte eine ganze Weile darüber nach. „Es gibt nur einen, der das gewissenhaft ausführt, und das ist mein getreuer Hund Meister Putrid."

Also wurde dem Hund befohlen, auf den Stößel Acht zu geben.

Das war die Gelegenheit, auf die der Mond nur gewartet hatte. Er stieg vom Himmel herab, um sich den Stößel anzueignen. Er kam bei hellem Tageslicht und war deshalb unsichtbar, doch der getreue Putrid witterte den Eindringling und schaute verwirrt um sich.

Der Mond ergriff den Stößel und rannte damit davon. Der Hund Putrid

rannte hinterher – geführt von dem Geruch des Stößels, der stärker war als der Duft des Mondes.

Seitdem ist er ständig auf der Jagd nach dem Mond. Während der Nacht kann er ihn sehen, doch tagsüber muss er sich auf den Geruch des Stößels verlassen, um die Jagd fortsetzen zu können.

Weil er ständig den Geruch des Stößels eingeatmet hat, ist der Hund Putrid ebenfalls für immer jung geblieben und unsterblich geworden.

Manchmal fängt er den Mond, stopft ihn sich ins Maul und versucht ihn zu verschlingen, aber er ist einfach zu groß für seinen Rachen. Und ganz gleich, wie sehr er sich auch abmüht, er schafft es einfach nicht und spuckt ihn schließlich wieder aus. Dann beginnt die Jagd von neuem, und so wird es wohl für immer bleiben.

Deshalb sagen die Birmesen immer, wenn bei klarem Himmel kein Mond zu sehen ist: „Meister Putrid hat den Mond gefangen." Und wenn er dann wieder aus der Finsternis hervortritt: „Jetzt hat Putrid ihn wieder ausgespuckt."

## Das Geschenk der Riesenschlange

*Sage des Ekoi-Volkes in Afrika*

Vor langer, langer Zeit, als die Menschen noch im Himmel lebten, herrschten die Tiere allein über die Erde. Embui, ein gutmütiges Schaf, war eines dieser Tiere. Ein anderes war Etuk, eine hartherzige Antilope.

Embui und Etuk hatten als Pflanzer schwer zu arbeiten. Embui baute Bananenstauden an und Etuk zog Ikoka-Gewächse, von denen er Goldpflaumen erntete.

Beide waren Freunde, und wenn sie ihre eigenen Früchte nicht mehr mochten, so tauschten sie diese untereinander aus. Waren die Bananen überreif, verlangte Etuk ärgerlich frischere, und das gutmütige Schaf gab sie ihm.

Eines Tages, als Embui gerade frische Bananen geerntet hatte, traf er auf eine Herde Affen. Hungrig, wie sie waren, baten sie Embui um einige Bananen und er erfüllte ihnen die Bitte. Die Affen fraßen sich voll und zogen ihres Weges. Kurz darauf trafen sie eine Rotte Wildschweine, denen auffiel, wie gut genährt die Affen aussahen. Da sie selbst sehr hungrig waren, fragten sie die Affen, wo es denn so gutes Futter gäbe. „Bei Embui, dem Schaf", war deren Antwort, worauf die Wildschweine sich eilends auf den Weg zu Embui machten und ihn ebenfalls um Bananen baten. Auch sie bekamen welche.

Die Wildschweine fraßen sich voll und machten sich wieder auf den Weg. Bald begegneten sie einem Elefanten. Der sah, wie gut genährt sie waren, und da er selber hungrig war, fragte er die Wildschweine, woher sie ihr Futter bekämen.

„Von Embui, dem Schaf", antworteten sie. Der Elefant machte sich auf den Weg zu Embui, bat um etwas zu fressen, und auch er bekam seinen Teil. Embui gab ihm einige große Bananenbüschel und er brachte sogar Etuk dazu, dem Elefanten fünf Körbe mit Goldpflaumen zu geben. Und so dauerte es nicht lange, bis alle Tiere des Busches, sogar die Buschkuh, zu den beiden Pflanzern kamen und von ihnen Futter erhielten.

Nicht weit von Embuis und Etuks Pflanzungen gab es den großen Fluss Akarram. In seiner Mitte, tief im Wasser, lebten die Krokodile. Eines Tages ging die Buschkuh zum Fluss, um zu trinken, und begann bei dieser Gelegenheit ein Gespräch mit einem der Krokodile.

„Kuh, du siehst gut genährt aus“, sagte das Krokodil.

„Ich bin es auch“, antwortete die Buschkuh.

„Woher bekommst du denn dein Fressen?“, fragte das Krokodil.

„Von den beiden fleißigen Pflanzern Embui und Etuk.“

Kaum hatte das Krokodil das gehört, kroch es auch schon an Land und begab sich zu den beiden. „Ich sterbe vor Hunger“, jammerte es. „Bitte, gebt mir etwas zu fressen.“

Etuk, die Antilope, richtete sich auf und sagte stolz: „Ich gebe nur Tieren Futter, die meine Freunde sind. Dir werde ich nichts geben, denn du bist nicht mein Freund.“

Embui hingegen, gutmütig, wie er nun einmal war, schüttelte den Kopf und sagte: „Es ist wahr, wir sind keine Freunde, Krokodil, aber ich will dir trotzdem ein Büschel Bananen geben.“

Das Krokodil nahm die Bananen und sagte: „Verschließt heute Nacht nicht eure Türen, denn ich werde zurückkommen, um mehr Futter zu holen, und das zu einem guten Preis.“

Dann kehrte das Krokodil mit den Bananen zum Fluss zurück und suchte die Riesenschlange auf, die ebenfalls dort lebte. Diese Schlange besaß etwas sehr Kostbares und das Krokodil wusste davon.

„Ich habe zwei Pflanzer gefunden, die viel Futter haben“, sagte das Krokodil zur Riesenschlange.

„Ich bin auch sehr hungrig“, sagte die Riesenschlange. „Würdest du mir wohl etwas von deinem Futter abgeben?“

Das Krokodil gab ihr einige Bananen, und nachdem die Schlange davon gekostet hatte, seufzte sie tief auf: „Wie süß die sind! Könntest du mir nicht noch ein paar mehr holen?“

„Gern“, sagte das Krokodil. „Aber gibst du mir auch etwas, womit ich sie bezahlen kann?“

Zunächst zögerte die Schlange, dann nickte sie und sagte: „Ja, ich werde dir etwas so Wertvolles geben, dass du damit die ganze Pflanzung kaufen kannst.“

Und dann tat die Riesenschlange etwas sehr Seltsames. Sie nahm einen großen, glitzernden Stein mitten aus ihrem eigenen Kopf heraus und gab ihn dem Krokodil.

Mit dem Stein machte sich das Krokodil wieder auf den Weg und kroch langsam zur Pflanzung. Die Nacht brach herein und ließ alles in Dunkelheit versinken, aber in seinen Klauen hielt das Krokodil den funkelnden Stein, der ihm den Weg erleuchtete. Als es die Pflanzung erreicht hatte, verbarg es den Stein in seinen Klauen und rief: „Du Schaf Embui, komm heraus, und du Antilope Etuk, komm auch du heraus! Ich habe etwas sehr Kostbares für euch."

Als die beiden Pflanzer ins Freie traten, war es draußen völlig dunkel, aber dann öffnete das Krokodil seine Klauen und hielt den Stein hoch. Dieser begann zu leuchten, und als das Krokodil ihn gänzlich in die Höhe hob, wurde es ringsum so hell, dass man einen kleinen Kieselstein oder jedes andere kleine Ding hätte sehen können.

Das Krokodil verkündete: „Der Preis hierfür ist eine von euren Pflanzungen!"

Etuk, die Antilope, runzelte die Stirn und sagte: „Ich wäre ziemlich blöd, wenn ich meine Ikoka-Pflanzung für diesen leuchtenden Stein verkaufen würde. Was könnte er mir schon nützen, wenn ich dann doch elendig verhungerte?"

Embui, das Schaf, aber liebte den Stein über alles. „Ich will den Stein der Riesenschlange kaufen", sagte es. „Ich gebe meine ganze Pflanzung dafür her, denn der Stein der Schlange erleuchtet die ganze Welt. Nimm meine Bananen, nimm alles, aber gib mir den großen, leuchtenden Stein, damit die ganze Erde auch bei Nacht erleuchtet ist."

So kam der Handel mit dem Krokodil zustande. Embui ging zu seinem Haus und befestigte den Stein über dem Torbogen, sodass die ganze Welt erleuchtet werden konnte. Etuk, die Antilope, hingegen zog sich zurück und ging schlafen.

Am nächsten Morgen war Embui hungrig. Er blieb es auch in der kommenden Nacht und am Tage darauf, denn er hatte seine ganze Pflanzung für den großen weißen Stein hergegeben und somit nichts mehr zu essen.

Am dritten Tage bat Embui die Antilope Etuk um eine einzige Goldpflaume, aber er wurde abgewiesen. „Ich werde dir nichts geben, Embui, denn du hast nichts mehr im Tausch anzubieten. Habe ich dir etwa geraten das leuchtende Ding zu kaufen? Etwas herzugeben, wenn man genug hat, das ginge noch an, aber nur ein Dummkopf kann sein Hab und Gut weggeben, nur damit nachts ein Licht scheint."

Das arme Schaf war bestürzt und dachte bei sich: „Ich habe doch nichts Schlechtes getan. Früher konnte niemand bei Nacht etwas sehen. Jetzt leuchtet der Stein der Riesenschlange in der Dunkelheit und ein jeder findet seinen Weg." Und weil keines der Tiere das Licht zu schätzen wusste, nahm Embui den Stein wieder ab und versteckte ihn.

Ganz schwach vor Hunger schleppte sich Embui in dieser Nacht zum Fluss, um zu trinken. Am Flussufer traf er einen Himmelsmann, einen jener Herren dort oben, die zur Erde herabsteigen, wenn sie Nahrung brauchen. Der Himmelsmann saß in einer Palme und sammelte dort Palmkerne.

Embui rief ihm zu: „Du Herr des Himmels, ich bitte dich nur um ein oder zwei Kerne. Dafür werde ich dir etwas zeigen, das heller und prächtiger ist als alles, was du jemals gesehen hast."

Der Himmelsmann warf drei Kerne hinab, die Embui schnell aufaß. Unter großen Mühen kletterte der Himmelsmann von der Palme herunter, denn es war finster. Sie gingen zusammen zu Embuis Haus.

Embui fragte: „Herr des Himmels, willst du hier ein wenig warten? Ich habe etwas mit den anderen Tieren zu besprechen."

„Ich werde warten", antwortete der Himmelsmann.

Embui ging zu Etuk und bat: „Könntest du mir nicht eine einzige Goldpflaume zu essen geben? Der große Schlangenstein, für den ich alles hergab, leuchtet auch dir in der Dunkelheit, aber ich, ich sterbe vor Hunger."

Etuk antwortete: „Von mir bekommst du nichts. Gib den Schlangenstein doch einfach zurück und wir werden, wie vorher, in der Dunkelheit leben."

Daraufhin fragte Embui die anderen Tiere, ob sie ihm für das Licht, das er ihnen geschenkt hatte, ein wenig zu fressen geben würden, aber alle lehnten ab.

Betrübt ging Embui in sein Haus und holte den großen leuchtenden Stein. Er übergab ihn dem Himmelsmann.

„Ich liebe die Tiere, aber die Tiere lieben mich nicht", sagte Embui. „Nimm das leuchtende Ding und kehre dahin zurück, wo du hergekommen bist. Ich weiß, du bist einer von den Herren des Himmels. Wenn du nach Hause kommst, dann hänge diesen Stein an einer Stelle auf, an der alle Tiere der Erde ihn sehen und sich daran erfreuen können."

Der Himmelsmann nahm den Stein, ging zur Palme zurück, stieg an ihr hinauf und wies gen Himmel. Die Palme hob ihn mit ihren Zweigen empor, bis er schließlich von ihrer Spitze direkt in den Himmel steigen konnte. Als er zu Hause angekommen war, rief er all die anderen Himmelsmänner zusammen und sprach zu ihnen: „Ich habe etwas sehr Schönes und Kostbares mitgebracht. Es scheint so hell, dass die ganze Erde erleuchtet ist. Von nun an wird jeder auf der Erde oder im Himmel auch zur dunkelsten Stunde etwas sehen können." Die Himmelsmänner bewunderten den Stein, gaben aber gleichzeitig zu bedenken, dass ein so kostbarer Stein in eine Schatulle gehöre. Und so geschah es, dass der leuchtende Stein in eine Schatulle geriet und deshalb bei uns auf der Erde nur von einer Seite zu sehen ist.

Der Himmelsmann, der den Stein von Embui erhalten hatte, nahm die Schatulle an sich und verkündete: „Gebt Acht, dieser Stein gehört mir. Von nun an müssen alle Himmelsleute für mein Essen sorgen, denn ich habe es nicht mehr nötig, mich darum zu kümmern."

Und weil er nun der Besitzer des großen leuchtenden Steines war, folgten sie seinem Befehl. Doch manchmal kam es vor, dass sie nachlässig waren und es vergaßen. Dann verdeckte der Himmelsmann jene Stelle der Schatulle, wo das Licht herausfiel, sodass der Stein nicht mehr scheinen konnte. Erst verdeckte er den Stein ein klein wenig, dann etwas mehr und schließlich ganz, bis er wieder sein Essen bekam.

Das ist der Grund dafür, dass man manchmal den Mond nicht sehen kann, und dann sagen die Menschen auf der Erde, nun sei wieder ein Monat vergangen.

## Der Mann, der zum Haus des Mondes paddelte

*Märchen der Kiwai-Papua*

Einst gerieten zwei Männer in einen heftigen Streit. Während der eine Hiwio, die Sonne, und Ganumi, den Mond, für zwei verschiedene Leute hielt, behauptete der andere: „Nein, wer da Tag und Nacht über den Himmel reist, ist ein und derselbe Mann; er schaut nur wegen der Dunkelheit in der Nacht anders aus."

Schließlich wurden sie sogar handgreiflich. Da beschloss der Mann, der in diesem Kampf unterlag, den Mond zu besuchen, um die Wahrheit herauszufinden. Er bestieg sein Kanu und paddelte in die Richtung, in der er immer den Mond aufgehen sah. Tag und Nacht paddelte er über das tiefe Wasser des Meeres, bis er dort ankam, wo der Mond wohnte. Da gerade Ebbe war, konnte der Mann in seinem Kanu am Meeresstrand sitzen bleiben, um das Erscheinen des Mondes abzuwarten.

Schon bald trat Ganumi, der Mond, aus seinem Haus. Er erschien in Gestalt eines kleinen Jungen, der nicht größer war als der zunehmende Mond, und lud den Mann ein, an Land zu kommen. Der aber sagte: „Nein, du bist nur ein kleiner Junge. Ich möchte von Ganumi, dem wirklichen Mond, eingeladen werden."

„Ich bin Ganumi", sagte der Junge. „Komm bitte an Land."

Der Mann aber weigerte sich beharrlich, sein Kanu zu verlassen.

Ganumi ging wieder in sein Haus zurück und wurde größer. In Gestalt eines jungen Mannes kam er wieder zu dem Mann und bat ihn erneut, an Land zu kommen. Der aber gab nicht nach und sagte: „Du bist nicht Ganumi, du bist noch ein Jüngling. Ich werde hier warten, bis der erwachsene Ganumi kommt."

Noch zweimal kam Ganumi heraus und jedes Mal war er ein Stück größer geworden, doch seine Einladung wollte der Mann immer noch nicht annehmen, bis Ganumi schließlich auf einen Stock gestützt in Gestalt eines alten Mannes erschien. Während er sein Kanu verließ, dachte der Mann sich: „Das muss der wahre Ganumi sein; so habe ich ihn mir immer vorgestellt."

Ganumi geleitete ihn an Land und führte ihn herum. „Hier, wo ich lebe, ist alles weiß", erklärte er. „Mein Haus ist weiß, mein Garten ist weiß und mein ganzer Grundbesitz ist weiß."

Dann führte er seinen Gast an einen anderen Ort und sagte: „Hier wohnt die Nacht. Bei ihr ist alles schwarz."

Zuletzt zeigte er ihm noch, wo die Sonne wohnte, und erklärte: „Dort drüben wohnt die Sonne. Bei ihr ist alles rot: Haus, Garten und Grundbesitz."

Ganumi lud seinen Gast zum Essen ein, und als sie das Mahl beendet hatten, sagte er: „Pass jetzt gut auf. Sobald die Sonne ihre Reise um die Erde beendet hat, löse ich sie ab. Die Nacht macht sich zuerst auf den Weg und ich folge ihr. Wenn wir den Himmel überquert haben, ist die Sonne wieder an der Reihe."

Ganumi kletterte bis in die Spitze eines hohen Baumes und schwang sich von dort in den Himmel empor. Am Rand einer Wolke verweilte er, und der ganze Himmelsraum war erleuchtet.

Währenddessen beobachtete ihn sein Besucher und dachte bei sich: „Ich habe es doch gewusst! Der Mond ist ein Wesen für sich und die Sonne ein anderes. Mein Gegner hat sich geirrt."

Die ganze Nacht über konnte der Mann kein Auge zutun. Er schaute sich im Haus des Mondes um und beobachtete ihn auf seiner Reise über den Himmel. Als der Tag anbrach, sah er, dass die Sonne sich erhob, bevor der Mond den Himmel verlassen hatte.

Als Ganumi wieder zurückkehrte, fragte er seinen Gast gleich:

„Hast du mir auch genau zugeschaut, wie ich des Weges gezogen bin?"

„Gewiss", antwortete der. „Ich habe dich zusammen mit der Nacht reisen sehen. Und gegen Morgen sah ich die Sonne zu ihrer Reise aufbrechen."

Bevor der Mann sich wieder auf die Heimreise machte, bekam er von den drei Nachbarn Nacht, Mond und Sonne Geschenke.

Die Nacht sagte: „Sieh! Das ist meine Nahrung. Alles ist schwarz: schwarze Bananen, schwarze Taro und schwarze Jamswurzeln."

„Und hier ist meine Nahrung", sagte der Mond. „Ich esse dasselbe, nur dass bei mir alles weiß ist." Und die Sonne fügte hinzu: „Bei mir ist die Nahrung rot."

„Pack all diese Sachen in dein Kanu", erklärte der Mond seinem Gast. „Warte noch bis Sonnenuntergang. Wenn ich dann zum Himmel aufsteige, werde ich dir ein Seil zuwerfen. Das bindest du an deinem Kanu fest, und ich werde dich daran nach Hause ziehen. Wenn du am Ziel angelangt bist, rüttele nur am Seil und ich halte an."

Nach Sonnenuntergang begaben sie sich zusammen auf die Reise. Als der Mann sein Dorf erreicht hatte, zupfte er am Seil und Ganumi hielt an. Die

Nachbarn liefen zusammen und riefen aus: „Der Mann, der auszog, um den Mond zu besuchen, ist wieder heimgekehrt!"

Der Mann lud alle Leute zu sich ein, auch seinen Gegner, mit dem er sich so heftig gestritten hatte.

„Seht, was ich euch mitgebracht habe: die schwarze Nahrung bekam ich von der Nacht, die weiße vom Mond und die rote von der Sonne", erklärte er seinen Gästen. „Das Seil gehört Ganumi, der mich bis hierher gezogen hat." Damit löste er das Seil, das in die Luft zurückschnellte und verschwand. Alle Nahrungsmittel wurden an Land gebracht. Zunächst wagten die Leute es nicht, sie anzurühren, doch der Mondbesucher sagte: „Es sind Gastgeschenke von unseren Freunden Sonne, Mond und Nacht!" Und so ließen sie alle es sich schmecken.

## Die Geheimnisvollen Nordlichter

*Märchen der Wabanski-Indianer*

Es ist schon fast eine halbe Ewigkeit her: Häuptling M'Sartto, der Morgenstern, hatte nur einen Sohn. Der war recht verschieden von den anderen jungen Männern seines Volkes, was den alten Häuptling sehr verdross. Niemals unternahm er etwas zusammen mit seinen Altersgefährten, sondern verschwand für Tage mit Pfeil und Bogen. Immer ging er gen Norden. Bei seiner Rückkehr fragten ihn seine Eltern jedes Mal, wo er denn gewesen sei und was er erlebt hätte. Aber stets schwieg er auf diese Frage. Darüber war der Häuptling sehr beunruhigt, und er beschloss, seinen Sohn bei der nächsten Reise zu beobachten und ihm auf seinem Weg gen Norden zu folgen.

Eines Morgens brach der Sohn erneut auf, und M'Sartto folgte seinen Spuren. Viele Meilen wanderte er hinter ihm her und glaubte schon am Ende der Welt angekommen zu sein. Für einen Augenblick schloss M'Sartto die Augen. Da überkam ihn ein seltsames Gefühl und er konnte sich an nichts mehr erinnern.

Als er wieder zu sich kam, befand er sich in einem unbekannten Land. Dort gab es weder Mond noch Sterne und trotzdem war es wundervoll erleuchtet. Er sah viele merkwürdige Wesen, die vollkommen anders als sein Volk aussahen. Lachend standen sie um ihn herum, als er versuchte, sich mit ihnen zu unterhalten. Aber er verstand ihre Sprache nicht.

M'Sartto wusste nicht ein noch aus. Doch die Leute des fremden Volkes forderten ihn durch Handbewegungen auf, ihnen zu folgen. Sie führten ihn zu einem Platz, wo er einem merkwürdigen Ballspiel zuschaute, das er noch niemals gesehen hatte.

Wenn die Kugeln zusammenstießen, zuckten sonderbare, farbenprächtige Blitze auf. Die Spieler hatten eigenartige Lichtbänder an ihrem Kopf, und alle trugen merkwürdige Gürtel, die sie Regenbogenstreifen nannten.

Eines Tages kam ein alter Mann auf M'Sartto zu, redete ihn in seiner eigenen Sprache an und fragte ihn, ob er denn wisse, wo er sich befinde. Der Häuptling schüttelte nur den Kopf. Der alte Mann erzählte ihm dann, dass er ins Reich der Nordlichter gelangt sei. Er selbst sei vor vielen, vielen Jahren hierher gekommen. Lange Zeit sei er der einzige Mann aus dem „Unterland“

gewesen, wie die Erde hier genannt wurde. Aber in der letzten Zeit käme von dort immer wieder ein Jüngling für ein paar Tage zu ihnen.

M'Sartto fragte den alten Mann, wie er denn in das Land der Nordlichter gekommen sei und welchen Weg er genommen hätte. Der alte Mann erwiderte, dass er auf dem Geisterweg, der Milchstraße, entlanggewandert sei.

Der Häuptling vermutete, dass auch er diesen Weg gegangen sein müsse. Dann fragte er den alten Mann, ob er während seiner Reise bei vollem Bewusstsein gewesen sei. Der entgegnete, er sei unfähig gewesen, etwas zu sehen oder zu hören.

„Genauso erging es mir", sagte M'Sartto. „Sicherlich sind wir beide auf demselben Weg hierher gekommen, aber ich würde gern wissen, wie ich wieder zur Erde zurückfinden kann."

Der alte Mann beruhigte ihn und meinte, der Herr des Nordlichtes würde ihn heil und sicher nach Hause geleiten.

Nun fand es M'Sartto an der Zeit zu erzählen, dass der junge Mann, der immer zum Ballspielen kam, sein Sohn sei und dass er ihn gern bald wieder sehen würde.

Der alte Mann riet ihm, die Ballspieler aufmerksam zu beobachten, dann würde er auch seinen Sohn unter ihnen entdecken.

Als das nächste Ballspiel begann, staunte M'Sartto erneut über die gleißende Lichterpracht. Auf die Frage, wo sich sein Sohn befände, wurde ihm gesagt, dass er nach dem hellsten Licht Ausschau halten solle.

So fand er ihn endlich wieder und sie gingen zu dritt zum Herrn der Nordlichter, dem der alte Mann unterbreitete, dass M'Sartto zusammen mit seinem Sohn heimzureisen wünsche.

Darauf rief der Herr der Nordlichter seine Untertanen auf, M'Sartto und dessen Sohn Lebewohl zu sagen. Riesenvögel brachten die beiden in ihre irdische Heimat zurück. Auf dem Heimweg über die Milchstraße befiel sie wieder das leichte schwindlige, traumverlorenen Gefühl, das sie bereits auf dem Hinweg gehabt hatten. Als sie wieder zu sich kamen, waren sie auch schon in der Nähe ihres Hauses.

Frau M'Sartto war sehr glücklich über die Heimkehr von Mann und Sohn, denn sie hatte sich große Sorgen um die beiden gemacht und befürchtet, dass sie in der Ferne umgekommen seien.

## Kalendertage, die der Mond bestimmt

*Jüdische Legende*

Vor unendlich langer Zeit hat der Allmächtige viele Welten erschaffen, die er wieder zerstörte, weil sie ihm nicht gefielen. Schließlich hob er seine Rechte und spannte den Himmel, dann streckte er die Linke und schuf die Erde. So entstand die Welt, auf der wir alle leben.

„Allmächtiger Gott!", seufzte die Erde. „Ich bin so weit entfernt von dir, der Himmel ist dir nah, ich bin einsam und allein."

Gott aber erwiderte: „Dir soll kein Unrecht geschehen, ich habe für alles, was ich geschaffen habe, vorgesorgt. Menschen und Tiere, Bäume, Pflanzen und Vögel werden dich bevölkern. Bald wirst du voll Duft sein, es werden Blumen blühen, Früchte reifen, die Menschen und Tiere ernähren."

Da beruhigte sich die Erde und Gott ging an seine Arbeit, denn die Schöpfung war noch nicht vollendet. Er schuf die Sonne und den Mond. Kaum waren sie am Himmel aufgegangen, verschwand die Finsternis und die ganze Welt war voll Licht. Sonne und Mond waren damals gleich groß, denn Gott hatte ihnen die gleiche Macht verliehen. Sie strahlten mit gleicher Helligkeit und wechselten einander am Firmament ab.

Indes – der Mond war unzufrieden. Er wollte größer und mächtiger sein als die Sonne. Also nahte er sich dem Thron des Ewigen und sprach: „Es ist nicht gut, dass zwei Könige nebeneinander regieren. Einer muss sich dem anderen unterordnen, so hast du es in der Welt eingerichtet."

Gott grämte sich. „Ich wollte Ruhe und Frieden für alle", dachte er, „und schon ist der Neid auf der Welt." Er maß den Mond mit traurigem Blick und sprach: „Wenn du so denkst, will ich einen Teil von dir in Milliarden Sterne verwandeln und du sollst in ihrem Glanz verblassen. Weil du der Sonne das Licht neidest, sollst du es von nun an von ihr empfangen. Und weil du glaubtest, ich würde dich, Ungerechter, erhören, so wie ich die gerechte Erde erhörte, sollst du in ihrem Schatten stehen."

Und schon schrumpfte der Mond zusammen. Da brach der Mond in Tränen aus. „Herr der Welt", flehte er, „verzeih mir und erbarme dich meiner!"

„Mein Wort kann ich nicht zurücknehmen", sagte Gott, „aber es sei dir ein Trost, dass Myriaden von Sternen dich umgeben werden, und die Juden werden Jahre und Tage nach dir berechnen und nie vergessen, dass Neid auch das hellste Licht verblassen lässt.“

Seither begleiten die Sterne den Mond, und die Juden richten ihren Kalender nach ihm. Sie berechnen das Jahr nicht nach dem Sonnenumlauf, wie andere Völker, sondern nach den Mondphasen. Und wenn die Mondsichel zunimmt, beten die Israeliten im Schein des Mondes ein besonderes Gebet. In diesem Augenblick ist der Mond am glücklichsten. Er wird zum Vollmond, auf den die Erde keinen Schatten wirft; und während er seinen Schöpfer preist, vergisst der Mond seine uralte Sünde.

# Die schatten im Mond – wie verschieden sie gedeutet werden

## Wie der Mond zu seinen Flecken kam

*Erzählung der Baiga in Indien*

Einst war der Mond ein Bleichgesicht und er schämte sich deswegen. Die Baiga-Leute schauten zu ihm auf und verlachten ihn. „Verkriech dich, du fahler Mond", spotteten sie. „Du siehst aus wie eine nackte Raupe."

Also versteckte sich der Mond, und während der Zeit gab es kein Licht mehr. Die Menschen verliefen sich in der Dunkelheit und die Tiere konnten nicht jagen.

Die Sonne sagte zu ihrem Bruder: „Du darfst dich nicht verstecken. Du musst Licht geben."

„Wenn die Menschen Licht brauchen", antwortete der Mond, „dann musst du es ihnen geben."

„Das geht nicht", sagte die Sonne. „Mein Licht ist viel zu hell in der Nacht. Sie brauchen dein Licht, um ihre Augen zu schonen. Außerdem ist meine Hitze zu stark. Wenn ich die ganze Zeit über scheine, werde ich die Erde verbrennen."

„Ich bin so hässlich", sagte der Mond. „Ich schäme mich, weil überhaupt keine Farbe in meinem Gesicht ist. Die Menschen lachen mich deswegen aus."

Die Sonne überlegte eine Weile. „Du musst dich tätowieren lassen", sagte sie schließlich. „Dann werden die Menschen dich schön finden."

„Aber wer soll mich tätowieren?", fragte der Mond.

„In dem Dorf hinter dem großen Wald lebt eine Frau. Ich sehe ihr oft bei der Arbeit zu. Aus allen Ortschaften kommen die Leute zu ihr und lassen sich tätowieren. Die Frauen kommen mit ihren Männern, die Kinder kommen mit ihren Eltern. Mond, geh du doch auch zu ihr und lass dich tätowieren."

Der Mond ging zu der Frau. „Gute Frau", sagte der Mond. „Ich bin gekommen, um mein Gesicht von dir tätowieren zu lassen. Ich bin gekommen, weil ich schön sein möchte, damit die Leute nicht mehr über meine Blassheit lachen können."

„Du musst mich für meine Arbeit bezahlen", sagte die Frau.

„Gewiß werde ich dich bezahlen", sagte der Mond.

„Ich bekomme vier Rupien", sagte die Frau.

„Eine Rupie ist genug“, sagte der Mond.

„Vier Rupien oder ich tue nichts für dich“, wiederholte die Frau.

„Eine Rupie ist das, was du von den Männern verlangst, und von den Frauen verlangst du auch nicht mehr als eine Rupie“, hielt der Mond ihr vor.

„Aber du bist der Mond, da brauche ich vier Rupien“, sagte die Frau.

„In Ordnung“, sagte der Mond. „Du sollst die vier Rupien haben.“

„Der Handel gilt“, sagte die Frau und holte die Nadeln hervor.

Sie arbeitete den ganzen Tag über. Sie arbeitete am nächsten Tag und sie brauchte noch zwei weitere.

Sie tätowierte eine Schildkröte in das Gesicht des Mondes. Sie tätowierte einen springenden Hasen. Sie tätowierte einen Skorpion und außerdem noch zwei Eier, dann war sie fertig.

Der Mond beschaute sich in einer Wasserpfütze. Er war zufrieden und gab der Frau ihren Lohn.

Nun finden alle Menschen den Mond schön.

Die Männer sagen: „Richtig gut sieht er aus.“

Die Frauen sagen: „Wenn er noch eine Spange über der Stirn trüge, wäre er so schön wie wir.“

Und wenn die Kinder zum Mond aufschauen, sehen sie die Schildkröte und den springenden Hasen, den Skorpion und die zwei Eier. Und keiner denkt mehr daran, den Mond wegen seines blassen Gesichtes auszulachen.

## WARUM DER MOND SICH VON DER ERDE ENTFERNTE

*Sage des Ao-Nagas-Volkes in Assam*

Lange vor unserer Zeit hatte der Mond noch ein klares Gesicht und der Himmel lag noch dicht über der Erde. Eines Abends trat ein Mann namens Noktangsang mit seinem kleinen Sohn auf dem Arm vor seine Hütte. Der Junge wollte gern mit dem Mond spielen, und sein Vater versuchte ihn mit einem Bambusstab herunterzustoßen. Der Mond aber fühlte sich belästigt und schlich sich davon. Er stieg höher und höher hinauf und nahm dabei den Himmel mit sich.

Als Noktangsang bemerkte, dass der Mond sich immer weiter von der Erde entfernte, nahm er voller Wut eine Hand voll Schmutz und bewarf ihn damit. Die Flecken sind heute noch auf der Mondoberfläche zu sehen.

## Feuer und Mond

*Märchen der Papua auf Neuguinea*

In einem Papua-Dorf lebte einst eine alte Frau, die als Einzige das Geheimnis des Feuers kannte. Sie kochte das Essen für alle Dorfbewohner. Ein jeder, der aus irgendeinem Anlass Feuer brauchte, musste zu ihr gehen und sie darum bitten. Das fanden die Leute sehr umständlich, woraufhin ein paar neugierige Knaben beschlossen, das Geheimnis der alten Frau zu ergründen.

Nahe ihrer Hütte versteckten sie sich und warteten darauf, dass die alte Frau die Hütte verließ. Als es so weit war, schlüpften sie nach drinnen. Bis auf einen großen Kessel in einer Ecke fanden sie nichts vor. Die neugierigen Knaben hoben den Deckel hoch und erschauerten vor Schreck, als jemand dem Kessel entstieg, der kein anderer war als der Mond. Er erklomm das binsengedeckte Dach und ließ sich dort nieder. Die Knaben kletterten ihm nach, doch der Mond entfloh in eine Kokospalme. Wieder folgten ihm die Knaben, und einem der Knaben gelang es beinahe, den Mond zu greifen und mit beiden Händen festzuhalten. Aber der Mond war glitschig und entglitt den Händen des Knaben. Er entfloh höher und höher und nahm schließlich am Himmel Platz, wo er immer noch hängt.

Und weil der Knabe, der ihn in der Kokospalme hatte fangen wollen, so schmutzige Finger hatte, sind dem Mond Flecken geblieben, die heute noch zu erkennen sind.

## Warum der Mond ein schmutziges Gesicht hat

*Salomon-Inseln im Stillen Ozean*

Über jedem Land scheint in klaren Nächten der Mond, doch nirgendwo leuchtete er so strahlend schön wie über der Insel Simba. Es ist aber schon lange her, dass die Bewohner dieser Insel einmal stolz darauf waren, dass der Mond eigens für sie so glänzte. Selbst wenn sie in ihren Hütten waren, konnten sie durch Ritzen in den Wänden und durch die Löcher im Dach sein rundes, blasses Gesicht schimmern sehen.

Die Fischer, die in ihren Kanus an der Lagune vorüberglitten, konnten sogar zwei Monde sehen: einen über sich im gestirnten Himmel und einen anderen, der von unten zu ihnen heraufläche1te und in tausend Stücke zerbrach, wenn sie ihre Paddel in das Wasser tauchten.

Obwohl sie es liebten, tagsüber die Sonne zu genießen, so fanden sie es doch noch schöner, des Nachts am Meer entlangzuschlendern oder unter sanft rauschenden Palmenblättern spazieren zu gehen. Alles um sie herum war in silbernes Licht getaucht und sie hatten ihren Spaß daran zu singen und zu lachen, sich an Früchten, Fischen und dem Fleisch von Vögeln zu laben und danach zu tanzen, bis sie vor Müdigkeit in Schlaf fielen.

Diese wundervollen Tänze fanden aber nur dann statt, wenn der Mond rund und voll war. Denn wenn er nur als schmale Sichel am Himmel stand, gab er ihnen zu wenig Licht.

In einer solchen Nacht saß der Häuptling des Dorfes Roviana grollend in seiner Hütte. Die Fackeln warfen ein flackerndes Licht und die Schatten kamen ihm vor wie sprungbereite Monster.

„Was ist nur mit dem Mond los? “, fragte er verärgert.

„Die Nacht wird bald vorüber sein“, sagte eine seiner Frauen. „Du wirst die Dunkelheit vergessen, sobald die Sonne scheint.“

„Das hilft mir im Augenblick nichts“, brummte der Häuptling. „Warum kann der Mond nicht zu jeder Zeit ebenso hell wie die Sonne scheinen?“

„Aber die Sonne geht doch auch unter und überlässt uns der Dunkelheit“, sagte eine andere Frau.

Der Häuptling stand auf und ging unruhig hin und her.

„Das ist törichtes Geschwätz“, sagte er. „Am Tage die Sonne und nachts der Mond, so hat es zu sein. Die Sonne bleibt immer dieselbe, der Mond jedoch wird immer kleiner und kleiner, bis er ganz verschwindet. Dann dauert es viele Nächte, bis er wieder zu seiner vollen Größe herangewachsen ist. Was geschieht mit ihm? Irgendwer muss ihn wohl verschlingen."

„Aber nicht doch", entgegnete die Frau, die zuerst gesprochen hatte. „Wenn er gefressen würde, könnte er doch nicht mehr an den Himmel zurückkehren."

„Wenn du so schlau bist, dann erkläre mir doch einmal, was mit ihm geschieht."

„Das kann ich dir auch nicht sagen, mein Gebieter."

Der Häuptling stampfte wütend mit dem Fuß auf, so wie ein kleiner Junge, der nicht bekommt, was er will. Er legte sich auf seine Matte und schmollte, und darüber schlief er ein. Als der Morgen kam, gingen die Frauen auf Zehenspitzen und wagten es nicht ihn zu wecken, weil sie annahmen, dass er immer noch schlechter Laune sei.

Plötzlich rührte er sich, öffnete die Augen und lächelte. Die Frauen begannen erleichtert miteinander zu schwatzen.

„Wir haben dein Frühstück bereitet", sagte seine Hauptfrau. „Komm und iss!"

Er nahm Platz und frühstückte ausgiebig.

„Was hast du heute vor?", wurde er gefragt.

„Ich werde die Weisen der Insel zusammenrufen", sagte er. „Ich habe ihnen etwas Wichtiges zu sagen."

Die Sonne schien auf die Waldlichtung, als die Ratgeber des Häuptlings dort zusammentrafen. Sie saßen im Kreis um ihn herum und warteten darauf, dass er das Wort an sie richtete.

„Letzte Nacht war ich sehr verärgert", begann er. „Der Mond ließ sich nicht blicken und in meiner Hütte war es dunkel und stickig. Ich war wütend auf den Mond, weil er nicht schien."

„Es gibt nichts, womit man den Mond festhalten könnte, wenn er uns verlässt", sagte einer der Ältesten unter den Weisen. „Du solltest besser über andere Dinge nachdenken, großer Häuptling."

Der Häuptling von Roviana lächelte überlegen.

„Du weißt nicht, wovon du redest", sagte er. „Letzte Nacht haben mir die Götter einen Traum gesandt. Wollt ihr ihn hören?"

„Wenn es wirklich so ist, dass dir die Götter den Traum gesandt haben, dann musst du uns darüber berichten!"

„Deshalb habe ich euch kommen lassen. In meinem Traum sah ich den

Mond über den Himmel wandern. Er war sehr müde von dem langen Weg. Über sein Gesicht rannen Schweißtropfen, die in Stücke zerfielen und zu Sternen wurden. Glaubt ihr mir nun, dass der Traum von den Göttern kam?"

Es herrschte langes Schweigen. Dann sprach wieder der alte Mann, der vorher für alle geredet hatte: „Darüber können wir nicht befinden. Das klingt ganz anders als das, was unsere Väter uns überliefert haben."

Doch der Häuptling fuhr fort: „Ich folgte dem Mond, dem der Schweiß nur so herabrann. Dabei wurde er kleiner und kleiner. Bald war er so geschrumpft, als hätte man ihn zur Hälfte durchgeschnitten. Er wanderte westwärts zum Meer hin. Als er das Wasser erreichte, war er nicht größer als ein Stern, sandte aber immer noch ein düsteres Glühen aus. Dann ging er im Meer unter, während ich ihm auf dem Fuße folgte. Wir kamen in ein Land unter den Wellen. Es war ein seltsames Schattenland. Ich konnte den Mond zwar nicht mehr sehen, aber der blasse Schimmer blieb, bis wir zu einem See kamen. Der Schimmer stieg in das Wasser des Sees. Ich blieb am Ufer und beobachtete das Geschehen. Der Schimmer wurde größer und stärker und ich konnte den Anblick kaum noch ertragen. Ich schlug die Hände vor den Augen zusammen und blinzelte durch die Finger. Das Wasser bewegte sich und heraus kam der Mond. Er war wieder groß und stark, schien fast so hell wie die Sonne und war rund wie eine Orange. Glaubt ihr mir nun?"

„Ja", sagte der alte Mann. „Das vermag ich zu glauben, denn so weiß ich es von meinem Vater, der es schon vom Vater seines Vaters gehört hat."

„Dann müsst ihr mir auch glauben, was ich euch nun berichten werde", sagte der Häuptling. „Der Mond schnellte zum Himmel hinauf. Ich hingegen vernahm eine Stimme, die Folgendes zu mir sprach: ‚Wenn es dir gelänge, den Mond einzufangen, während er groß und stark ist, so könntest du ihn tagsüber im Hause festhalten und des Nachts freilassen.'" Der Häuptling sah sich im Kreise seiner Berater um und fragte: „Was haltet ihr davon? Meint ihr am Ende noch, ich lüge euch etwas vor?"

„Wir glauben deinem Wort", antwortete der Älteste für die anderen Berater im Kreise. „Doch diese Angelegenheit ist zu hoch für uns. Schließlich haben wir keine Verbindung zu den Göttern."

Ein anderer aus der Runde hob den Kopf und sagte: „Der weise Mann hat Recht. Der Mond ist viel zu groß, als dass er von Menschen eingefangen werden könnte. Wir fürchten für dich."

„Unsinn!", sagte der Häuptling. „Ich werde es allein tun."

„Wenn es schon sein muss, dann lass es durch einen kräftigen, jungen

Mann erledigen", sagte der alte Mann. „Wenn der Häuptling stirbt, dann stirbt das ganze Volk mit ihm."

„So soll es sein", sagte der Häuptling. „Wir werden einen jungen Mann auswählen. Aber ich warne euch: Wenn er versagt, dann werde ich es selbst vollbringen. Nun müssen wir nur noch entscheiden, wie wir vorgehen wollen. Da der Mond nicht zu uns herabkommen wird, müssen wir zu ihm aufsteigen. Zuallererst müssen wir eine Frau damit beauftragen, ein langes Seil zu knüpfen. Es muss leicht, aber doch fest sein. Und während das Seil geknüpft wird, werden wir den größten Angelhaken herstellen, den die Welt je gesehen hat. In der Nähe meiner Hütte liegt eine große Muschelschale; die werden wir dafür verwenden."

Als Seil und Angelhaken fertig waren, wurde aus einer Reihe von Wagemutigen ein junger Mann ausgewählt. Der Häuptling trug das Seil und der junge Mann hatte den Angelhaken auf der Schulter. Zusammen erklommen sie den höchsten Berg der Insel Simba. Auf dem Gipfel angekommen, verknoteten sie das Seil fest mit dem Haken. Es dämmerte bereits und sie setzten sich nieder, um den Aufgang des Mondes abzuwarten. Die Welt versank schnell in Dunkelheit und der Mond entstieg dem Meer, um seine nächtliche Wanderschaft anzutreten.

Der junge Mann erhob sich, aber der Häuptling hielt ihn zurück und bat ihn zu warten, bis der Mond über ihnen angelangt sein würde. Für lange Zeit beobachteten sie nur seinen Lauf. Das Meer schimmerte wie geschmolzenes Silber und das Mondlicht glitzerte auf dem weißen Angelhaken.

„Jetzt!", befahl der Häuptling. Der junge Mann wirbelte das Seil mit dem Haken mehrmals über seinem Kopf und schwang es dann mit aller Kraft in Richtung Mond. Es segelte durch die Luft wie eine Sternschnuppe, die den Weg verloren hatte. Es stieg höher und höher, bis der Haken zu einem winzigen Lichtfleck am dunklen Himmel dahingeschwunden war. Doch der Weg zum Mond war immer noch zu weit. Der Haken wurde wieder größer und größer und schlug schließlich ganz in ihrer Nähe auf der Erde auf.

„Noch mal! Versuch es noch einmal!", drängte der Häuptling. Diesmal stieg der Haken noch höher, bis er gänzlich außer Sichtweite war, doch abermals stürzte er zur Erde zurück. Noch viele Male versuchte es der junge Mann, bis seine Kräfte erlahmten.

Der Mond indes segelte majestätisch seinen Kurs und er schien zu lächeln über die winzigen Männer weit unter ihm, die ihn zu angeln versuchten.

„Nun ist es zu spät", sagte der Häuptling. „Geh zum Dorf zurück und berichte den Leuten, du habest versagt. Ich werde einstweilen hier bleiben, und in der nächsten Nacht sollt ihr alle erleben, dass ich, der Häuptling von Roviana, das vollbringen werde, was dir nicht gelungen ist."

Beschämt ging der junge Mann den Berg hinunter, während der Häuptling sich unter einem großen Baum ausstreckte. Er schlief den Rest der Nacht und den ganzen nächsten Tag, um Kräfte für das bevorstehende Wagnis zu sammeln. Er erwachte, als die Tiere der Nacht sich zu regen begannen. Er nahm das Seil mit dem Angelhaken und bestieg einen Baum, der auf dem Gipfel des Berges stand.

„Nun bin ich dem Mond noch näher", sagte er kichernd zu sich selbst. „Der Jüngling war einfach zu dumm, um sich das einfallen zu lassen."

Sobald der Mond ihm auf seiner Bahn näher gekommen war, warf er ihm den Haken entgegen.

„Aha!", schrie der Häuptling, als er sah, wie der Haken dem Mond näher rückte. Doch er fiel leider wieder auf die Erde zurück.

„Einmal noch und ich habe ihn!", schrie der Häuptling. „Noch ein Wurf und der Mond gehört mir." Doch erneut verfehlte der Haken sein Ziel. Der Mond wanderte lächelnd weiter und ließ einen unglücklichen und verwirrten Häuptling hinter sich.

Niemand aus seinem Dorf wagte ihn auszulachen oder zu sagen: „Das habe ich gleich gewusst."

Sie warteten, bis der Mond groß und rund wie eine Orange geworden war. In dieser Nacht erklomm das ganze Dorf den Berggipfel. Silbrig schimmernd glitt der Mond über sie hinweg.

Männer und Frauen brachen Steinnüsse in Stücke und bewarfen den Mond damit und stießen gleichzeitig Schmährufe aus.

Einige der Bruchstücke erreichten den Mond und blieben in seinem Gesicht stecken. Seitdem scheint der Mond nicht mehr so klar auf die Insel Simba wie in vorherigen Zeiten. Sein Gesicht ist schmutzig und fleckig, und statt zu lächeln, runzelt er die Stirn.

Und deshalb sehen wir heute noch graue Schatten auf seinem Gesicht, wenn wir zu ihm hinaufschauen. Doch andererseits sollten wir dankbar sein, dass die Dorfbewohner ihn nicht ganz vertrieben haben, denn was wäre der nächtliche Himmel ohne den Anblick des ständig wechselnden Mondes?

## Antilopes Mutter: Die Frau im Mond

*Märchen aus Nigeria*

Vor langer, langer Zeit herrschte im Lande eine Hungersnot. Alle Buschtiere mussten darben. Sie kamen zusammen, um zu beraten, was man tun könnte. Kiniun, der Löwe, war der Wortführer. Er saß auf seinem Schemel und lauschte den Vorschlägen, doch eine brauchbare Lösung war nicht dabei. Als Letzter schlug Asa, der Habicht, vor, dass jedes Tier, eins nach dem andern, seine Mutter als Nahrung für die Gemeinschaft opfern sollte. Dem wurde zugestimmt und Kiniun bekräftigte: „So soll es sein!" Als Ersten beauftragte er Etu, den Sohn der Antilope, diesem Beschluss zu folgen und für Futter zu sorgen.

Etu aber dachte nicht daran, seine Mutter zu töten. Er führte sie in den Busch und hob sie zum Mond empor, um sie dort zu verstecken. Dort gab es Nahrung in Hülle und Fülle. Der Boden unter seinen Hufen bestand aus Senfpuder, und aus den Quellen entsprang Honig. Überall war Genießbares vorhanden. Die beiden verabredeten miteinander, dass Mutter Antilope jedes Mal, wenn ihr Sohn sie besuchen wollte, ein Seil herablassen würde. So kehrte Etu wieder zur Erde zurück. Im Wald sammelte er verrottetes Holz, zerschlug es in kleine Stücke, die er mit Öl, Salz und Pfeffer würzte. Das Gemisch kochte er und brachte es den anderen Tieren.

„Ich habe getan, was ihr befohlen habt. Hier bekommt ihr etwas gegen den Hunger."

Die Tiere fraßen und waren zufrieden. „Antilopenfleisch ist gut."

Die Zeit verging. Der Büffel, der Habicht, der Elefant und sogar der Häuptling, Löwe Kiniun, sorgten nacheinander für Fressen, indem sie ihre Mutter opferten. Doch dann gab es nichts mehr.

Alle Tiere magerten ab. Nur Etu ging zu seiner Mutter, wenn er hungrig war. Dort oben auf dem Mond erging es ihm gut.

Ijapa, die Schildkröte, bemerkte, dass Etu im Gegensatz zu den anderen Tieren wohlgenährt war, und sagte: „Du, mein Freund, bist das Einzige unter uns Buschtieren, das nicht abmagert. Warum verspürst du keinen Hunger?"

Etu wollte darauf nicht antworten, denn er traute der Schildkröte nicht. Die aber ließ nicht locker. Schließlich gab Etu nach. „Nun gut, ich werde dir etwas zeigen. Wir treffen uns morgen früh im Busch."

Schon vor Sonnenaufgang wartete die Schildkröte auf Etu und trieb ihn zur Eile an. Er führte Ijapa zu einer bestimmten Stelle und fing zu singen an:

„Du Frau dort oben im Mond, alujan kijan!
Ein jeder gab seine Mutter zum Fraß, alujan kijan!
Sogar Kiniun, der Löwe, tat das, alujan kijan!
Nur Etu, dein Sohn, hat dich verschont, alujan kijan!
So zieh mich hinauf zu dir auf den Mond, alujan kijan!“

Etus Mutter ließ das Seil herab und zog die beiden zu sich empor.

Die Schildkröte machte sich sofort über den Senfpuder her und ging dann weiter zur Honigquelle. Als Etu und Ijapa satt waren, kehrten sie zur Erde zurück. Nachdem sie sich getrennt hatten, begab sich die Schildkröte zu Kiniun und berichtete ihm: „Etu hat uns hintergangen. Seine Mutter lebt noch und ist auf dem Mond, wo es viel zu fressen gibt. Ist dir nie aufgefallen, wie gut genährt er ist?“

Der Löwe antwortete: „Etu ist mein Getreuer. Ich habe ihn mir so erzogen, wie er ist. Er würde mich nicht betrügen.“

Ijapa aber blieb dabei. Sie bekräftigte, was sie gesagt hatte. „Und wenn es nicht die Wahrheit ist, so gehört dir mein Leben.“

Auf die schweren Anschuldigungen, die Ijapa gegen Etu erhoben hatte, erwiderte Kiniun: „Wir werden der Sache nachgehen.“ Er ließ Etu kommen und befahl ihm, in einem entfernten Ort etwas für alle Tiere zu erledigen. Das tat er mit dem Hintergedanken, Etu für längere Zeit außer Reichweite zu wissen. Als Etu sich weit genug entfernt hatte, wandte Kiniun sich der Schildkröte zu: „Jetzt bist du dran. Solltest du gelogen haben, ist dein Leben verwirkt.“

Ijapa führte die Tiere in den Busch und sprach mit verstellter Stimme:

„Du Frau dort oben im Mond, alujan kijan!
Ein jeder gab seine Mutter zum Fraß, alujan kijan!
Sogar Kiniun, der Löwe, tat das, alujan kijan!
Nur Etu, dein Sohn, hat dich verschont, alujan kijan!
So zieh mich hinauf zu dir auf den Mond, alujan kijan!“

Etus Mutter ließ das Seil herab und alle Tiere klammerten sich daran. Mutter Antilope begann zu ziehen, aber ihre Kraft ließ bald nach, weil die vielen Tiere für sie zu schwer waren. So blieben sie auf halber Höhe zwischen Erde und Mond hängen.

Indessen kam Etu zurück und fand den Landstrich öde und verlassen vor. Er eilte in den Busch und sah die anderen Tiere am Seil hängen. Er forderte seine Mutter auf, das Seil zu kappen. Das tat sie, und die Tiere fielen auf die Erde zurück. Viele von ihnen wurden verletzt. Der Panzer der Schildkröte zerbrach in einzelne Teile. Sie befahl den Kakerlaken, ihren Panzer wieder in Ordnung zu bringen. Weil sie ihr zu langsam waren, wurden sie von Ijapa geschlagen. Davon wurden sie ganz platt und so sind sie heute noch. Der Panzer von Ijapa wuchs zwar zusammen, aber die Sprünge sind geblieben.

Da das Seil gekappt worden war, konnte Etu nicht mehr zum Mond hinauf. Aber in manchen mondhellen Nächten kann man seine Mutter dort oben erkennen.

## Wie Kereke vor Sehnsucht nach dem Mond verging
*Südpazifische Inseln*

Kereke wohnte auf einer Insel, deren Bewohner vom Fischfang lebten. Tag für Tag warfen sie ihre Netze aus oder tauchten tief zwischen den Korallenriffen. Das Meer war ihre Straße, auf der sie hin und her reisten, um Verwandte auf den Nachbarinseln zu besuchen oder um mit dem weißen Mann in weit entfernten Städten Handel zu treiben.

Auf diesen Inseln war ein Junge mit sieben Jahren für gewöhnlich bereits ein hervorragender Schwimmer, Bootsführer und Fischer.

Ein solcher Junge war auch Kereke, der Sohn des Fischers Ito. Er bezwang jede Welle, und so tief wie er konnte kaum ein anderer tauchen. Jeden Tag half er seinem Vater und den älteren Geschwistern beim Fischfang, und er verrichtete seine Arbeit so zuverlässig wie die anderen. Doch wenn die Alltagsarbeit getan war und die Jungen Ball spielten oder Hüpfspiele veranstalteten, dann war Kereke nirgends aufzufinden.

„Er ist wohl sehr ernst veranlagt, dein Sohn Kereke?", fragte ein Fischer Kerekes Vater Ito. „Ich sehe ihn nie mit den anderen Jungen spielen."

„Ich weiß", sagte Ito mit traurigem Lächeln, „aber er ist ein lieber Kerl und er macht seine Arbeit gut." Trotzdem beunruhigte es ihn, dass sein Sohn sich nicht an den ausgelassenen Spielen der anderen Inselkinder beteiligte.

Eines Abends suchte Ito seinen Sohn Kereke, nachdem die Netze eingeholt worden waren. Überall hörte er das fröhliche Geschrei der anderen Kinder, nur von Kereke war weder etwas zu hören noch zu sehen.

„Hast du Kereke, den Sohn von Ito, gesehen?", fragte er eine alte Frau, die vor ihrer Hütte Getreide zerkleinerte.

„Hallo, Vetter", begrüßte ihn die alte Frau. „Meinst du den kleinen Jungen, der so gern dahin ginge, wohin er nicht gehen kann?" Die alte Frau deutete mit der Hand in Richtung Meer. „Such dort drüben und du wirst ihn finden."

Ito verließ sie und ging hinüber zur Bucht. Dort traf er auf einen alten Mann, der seine Netze einzog.

„Guten Abend, Onkel", sagte Ito höflich. „Ich suche Kereke, den Sohn von Ito."

Der alte Mann sah ihn mit ernster Miene an. „Hoffentlich findest du ihn, bevor es zu spät ist."

„Was soll das heißen?“

„Dein Junge wird uns bald verlassen“, sagte der alte Mann.

„Und wo ist er jetzt?“, fragte Ito beunruhigt.

„Das Ziel seiner Sehnsucht hält ihn in Bann.“ Der alte Mann streckte den Arm aus, und Ito blickte in die angegebene Richtung und sah seinen Sohn, wie er, auf einem Stein nahe der Brandung sitzend, zum Mond hinaufschaute.

Ito bedankte sich bei dem alten Mann und ging hinüber zu Kereke. Vater und Sohn verharrten für eine Weile in Schweigen. Schließlich fragte Ito: „Was hast du im Sinn, Kereke?“

Der Junge sagte leise: „Du wirst mich deswegen auslachen.“

„Ich lache dich nicht aus, mein Sohn“, sagte Ito.

„Ich wünsche mir den Mond, Vater.“

„O je ...“, sagte Ito bedrückt.

„Ich wünsche mir den Mond“, wiederholte Kereke mit ausgestreckten Händen. „Ich wünsche mir nichts so sehr wie den Mond!“

Ito nahm seinen Sohn mit in seine Hütte und sang ihn in den Schlaf.

Dies war der Beginn einer traurigen Zeit. Wenn der Mond am Himmel stand, weinte Kereke Nacht für Nacht und rief: „Ich will den Mond!“

Ito versuchte ihn zur Vernunft zu bringen. „Der Mond gehört allen, Kereke, deshalb kann ein kleiner Junge ihn nicht für sich allein haben.“

Doch Kereke war durch nichts von seinem Wunsch abzubringen. Und während einiger Nächte, wenn der Mond voll war und genau über dem Meeresspiegel zu stehen schien, rief Kereke ihm zu: „Mond, komm doch hierher, damit wir zusammen spielen können. Und eines Tages werden wir beide in unserem Boot davonfahren.“

Schließlich konnte es Ito nicht mehr mit anhören und er sagte: „Kereke, ich kann zwar den Mond nicht für dich holen, aber wenn du es nicht anders willst, werde ich dich zu ihm bringen. Und wenn er dich behalten will, so soll er dich haben.“

Bei diesen Worten strahlten Kerekes Augen und er führte einen Freudentanz auf. Die nächsten Tage spielte er sogar mit seinen Geschwistern. Eile tat nun nicht mehr Not, denn Kereke und sein Vater wussten, dass sie den Mond nur erreichen konnten, wenn er sich an den Rand des großen Ozeans klammerte.

Eines Nachts war es dann so weit. Groß und weiß zog der Mond seine Bahn zum Horizont hin.

„Auf, auf, mein Sohn!“, drängte Ito. „Verabschiede dich von deinen Geschwistern.“

Kereke küsste seine Geschwister, die ihn und das Boot mit Blumen bewarfen. Seine jüngste Schwester bat ihn, doch zu bleiben. „Vom Mondland wirst du nicht mehr heimkommen.“

Kereke lachte nur und klatschte vor Freude in die Hände, während seine Brüder riefen: „Kereke geht nun fort, um der Junge im Mond zu werden.“

Vater und Sohn aßen ihr Abendbrot, bestehend aus Fisch und Kokosmilch. Danach setzten sie Segel. Das kleine Boot übersprang die Brandung und lief schnell aufs offene Meer hinaus. Binnen kurzer Zeit war die Küste verschwunden, und das Schluchzen der kleinen Schwester ging unter im Plätschern des Wassers, während der Wind das Segel blähte.

Es war eine wundervolle Nacht und der Himmel war sternenübersät. Das Boot nahm Kurs auf den Mond und hinterließ dabei ein weiß schimmerndes Kielwasser.

„Noch kannst du umkehren, Kereke“, sagte Ito mit leiser Stimme.

„Nein“, antwortete Kereke. „Ich will zum Mond.“ Und er sang ein kleines, glückliches Lied, das so klang wie das Lied eines weit entfernt gewesenen Vogels, der endlich heimfindet.

Ito lauschte still, und als das Lied verklungen war, sagte er mit weicher Stimme: „Ich habe dich von Herzen lieb, mein Sohn.“

Kereke dachte an seine kleine Schwester und an seine Brüder. „Sie werden mir jeden Tag fehlen. Ich werde ihr Lachen, ihre Späße und Spiele vermissen“, sagte er zu sich selbst. „Vielleicht werde ich nie zurückkehren, denn der Mond ist weit entfernt. Trotzdem, ich muss es tun.“ Und seine Gedanken wurden begleitet vom Knattern des Segels, während das Boot durch das Wasser schoss.

Bisher war das Wasser dunkel gewesen, doch als sie dem Mond immer näher kamen, begann es mit einem ungestüm schäumenden Licht zu funkeln. Das Wasser wurde immer heller, bis es sie fast blendete. Kereke stand im Bug des Bootes, seine Augen leuchteten und er rief: „Mond, ich bin zu dir gekommen!“ Er hatte alles vergessen – sein Zuhause, seine kleine Schwester, seine Brüder, seinen Vater. Denn hier war der Mond genau über ihm.

Ito sah ihn traurig an. „Komm, mein Kind, ich werde dich dem Mond schenken“, sagte er. Er hob Kereke hoch und stellte ihn auf die erste Stufe der Leiter, die zum Mond emporführte. „Leb wohl, Kereke“, sagte Ito. „Leb wohl, mein Sohn.“

Doch Kereke, der die Leiter bereits begierig bestiegen hatte, antwortete nicht mehr.

Ito wendete das Boot und fuhr zurück. Als er zu Hause ankam, wollten alle wissen, was inzwischen geschehen sei. Ito erzählte ihnen von der Bootsfahrt zum Treffpunkt des Meeres mit dem Mond. Er erzählte von der Leiter, die schon für Kereke bereitgestanden habe und die er sofort emporgestiegen sei, doch nicht, ohne ihm noch Abschiedsgrüße an alle aufgetragen zu haben.

Immer wenn der Mond weiß und kalt vom Himmel herabscheint, erzählt man auf den pazifischen Inseln, dass Kereke vor Heimweh mit seinen Tränen das kalte Feuer des Mondes auslöscht. Und wenn der Vollmond wieder einmal am Rand des Meeres zu hängen scheint, blicken die Inselbewohner aufs Meer hinaus, in der Hoffnung, dass Kereke sich besonnen hat und auf seine Insel zurückkommt.

Doch das wird wohl nie geschehen.

# Die Kette aus Pfeilen

*Sage der Tlingit-Indianer*

Einst waren der Sohn eines Häuptlings und ein Junge aus demselben Dorf gute Freunde und spielten jeden Tag miteinander. Mit besonderer Vorliebe machten sie sich Pfeil und Bogen, mit denen sie herumschossen, bis alle Pfeile zerbrochen waren. In einer schönen, mondhellen Nacht gingen die beiden Freunde wieder zu ihrem Spielplatz, der auf einer lichten Anhöhe oberhalb ihres Dorfes lag. Miteinander wetteifernd, wer von ihnen die meisten Pfeile machen konnte, hatten sie dort beim letzten Mal eine Menge Pfeile aufgetürmt, jeder in einem Haufen für sich.

Wie sie so dahingingen, sagte der eine Junge spöttisch: „Schau dir nur den Mond an! Sieht er nicht genauso aus wie der Lippenschmuck meiner Mutter?"

Der Häuptlingssohn entgegnete: „Du solltest nicht so über den Mond lästern!"

Plötzlich wurde es dunkel um sie herum und gleich darauf waren sie von einem Lichterring umschlossen. Ebenso rasch war er wieder verschwunden und mit ihm der Junge, der die Bemerkung über den Mond gemacht hatte.

Der Häuptlingssohn rief wiederholt nach seinem Freund, bekam aber keine Antwort. „Vielleicht ist er den Hügel hinaufgelaufen, um aus dem Lichterring herauszukommen", dachte er bei sich. Er schaute empor und sah den Mond am Himmel. Er stieg den Hügel weiter hinan, bis er zu ihrem gemeinsamen Spielplatz kam. Aber auch dort war sein Freund nicht. „Es kann nicht anders sein: Dieser Lichterring muss vom Mond geschickt worden sein, um den Freund abzuholen", vermutete er.

Der Häuptlingssohn setzte sich nieder und weinte. Dann probierte er die Bogen aus, die sie beim letzten Spiel angefertigt hatten. Er bespannte sie mit Sehnen, doch einer nach dem anderen brach entzwei. Er zerbrach alle Bogen, die er selbst gemacht hatte, und er zerbrach auch die seines Freundes, bis auf einen, der aus besonders festem Holz war.

„Ich werde jetzt auf jenen Stern schießen, der gleich neben dem Mond liegt!", dachte er. Es war ein großer und sehr heller Stern. Er schoss einen Pfeil dort hinauf und der Stern erlosch. Daraufhin schoss er einen Pfeil nach dem anderen, erst die von seinem eigenen Haufen, dann die vom Haufen des

Freundes. Nachdem er fast alle Pfeile verschossen hatte, sah er auf einmal über sich einen herunterhängenden Pfeil, und als er einen weiteren Pfeil abschoss, blieb er in dem hängenden stecken. Auch mit dem nächsten ging es so, und schließlich reichte eine Kette von Pfeilen bis zu dem Häuptlingssohn herunter.

Der aber fühlte sich einsam und verlassen und legte sich unter der Pfeilkette zum Schlafen nieder. Als er aufwachte, hing statt der Kette von Pfeilen eine lange Leiter vom Himmel bis zu ihm herab. Er beschloss diese Leiter zu besteigen. Er kletterte und kletterte und hatte nach drei Tagen endlich deren Ende erreicht und sah vor sich ein winziges Häuschen, in dem die Spinnenfrau wohnte. Die alte Frau fragte ihn, weshalb er sich auf den langen Weg von der Erde zum Himmel begeben habe.

„Mein Freund ist hierher entführt worden", antwortete der Häuptlingssohn.

„Der ist nicht weit von hier", sagte die alte Frau. „Ich höre ihn jeden Tag weinen. Er ist dort drüben im Haus des Mondes."

Die alte Frau gab ihm Lachs und Fleisch und Beeren zu essen, da ihn der lange Aufstieg hungrig gemacht hatte. Dann gab sie ihm einen Fichtenzapfen, einen Rosenbusch, einen Dornenzweig und ein Stück Wetzstein mit auf den Weg.

Als der Häuptlingssohn mit diesen Zaubergaben zum Haus des Mondes hinüberging, hörte er schon das Weinen seines Freundes. Der Mond hatte ihn auf ein Sims neben dem Rauchloch gesetzt, sodass sein Befreier von draußen am Haus hochklettern und ihn durch das Rauchloch herausziehen musste. Er rief dem Freund zu: „Komm! Ich helfe dir hier heraus!"

An die Stelle, wo sein Freund gesessen hatte, legte er den Fichtenzapfen, den ihm die alte Frau gegeben hatte, und befahl ihm das Weinen des Freundes nachzuahmen. Dann liefen die beiden fort.

Nach einer Weile fiel der Fichtenzapfen vom Sims herunter, und der Mond, der so lange geschlafen hatte, begriff, dass sein Gefangener entkommen war. Er nahm sofort die Verfolgung auf. Doch der Häuptlingssohn, der bemerkt hatte, dass der Mond ihnen auf der Spur war, warf sofort den Dornenzweig hinter sich. Sogleich breitete sich ein dichtes Dornengestrüpp aus, das den Mond hinderte hindurchzukommen. Als der Mond sie trotzdem fast eingeholt hatte, warf der Häuptlingssohn den Rosenbusch hinter sich. Es bildete sich ein Dickicht von Rosengebüsch, durch das der Mond kaum ein Durchkommen fand. Als er sich das nächste Mal den beiden näherte, warfen sie den Wetzstein hinter sich und es wurde eine steile Klippe daraus, von der der Mond immer wieder abrutschte.

Endlich gelangten die Jungen zum Haus der Spinnenfrau. Sie gab ihnen zu essen und sagte dann zu dem Befreier: „Geht an dieselbe Stelle, an der du von der Leiter gestiegen bist. Und denkt auf keinen Fall an etwas anderes als an euren Spielplatz unten auf der Erde, von dem ihr gekommen seid."

Die beiden Freunde gingen zu jener Stelle und versuchten sich heimzudenken. Doch der Junge, den der Mond geholt hatte, dachte immer nur an das geheimnisvolle Häuschen der alten Frau, in dem sie sich plötzlich auch wieder befanden.

Die alte Frau sprach: „Geht zurück und denkt nicht mehr an mich. Denkt nur an jenen Platz, auf dem ihr immer gemeinsam spielt."

Sie befolgten den Rat, und als sie erwachten, befanden sie sich wieder auf ihrem Hügel zu Füßen der Leiter.

## Die Mondkinder

*Als Hijuki und Bil bereits in der nordischen Edda bekannt*

Juki und Bil waren die einzigen Kinder, die einem alten Holzfäller und seiner Frau erst in vorgerücktem Alter geschenkt wurden. Sie hingen mit übergroßer Liebe an dem Geschwisterpaar und gingen entsprechend sorgsam mit ihm um. Keinen Augenblick mochten sie die Kinder aus den Augen lassen.

Solange die beiden klein waren, spielten sie zufrieden in der Nähe des Hauses, aber als sie größer wurden, wollten sie auch gern einmal die nahen Wälder erforschen.

„Die Wälder sind voll wilder Tiere", sagte der alte Holzfäller. „Ihr dürft nirgendwohin gehen, wo wir euch aus den Augen verlieren."

„Aber wir möchten doch nur im Wald spielen", sagte Juki, und seine Schwester bat ebenfalls darum und fügte hinzu: „Wir gehen schon nicht verloren."

Doch die Mutter schüttelte nur den Kopf. „Ihr bleibt hier in der Nähe. Außerdem habe ich zu viel zu tun und kann euch nicht in den Wald begleiten."

Und dabei blieb es. Tag für Tag baten die Kinder ihre Eltern, ein wenig herumstromern zu dürfen, aber der alte Holzfäller und seine Frau ließen es nicht zu.

Eines Abends, als die Sonne bereits untergegangen war und der Mond schon am Himmel stand, saß Bil auf den Stufen vor dem Haus und blickte über das mondbeschienene Land, während Juki von seinem Bett aus den Mond durch das Fenster betrachtete. Der alte Holzfäller leimte den gebrochenen Holzstiel seiner Axt und die Mutter putzte Gemüse.

„Mir ist das Wasser ausgegangen", rief sie ihrem Mann zu, „kannst du bitte zum Brunnen gehen und welches holen?"

„Das geht jetzt nicht", antwortete er. „Ich muss den Axtstiel halten, bis der Leim hart geworden ist."

Juki hatte das Gespräch mit angehört und sprang auf. „Lass uns das Wasser holen, Mutter", bat er. „Bil und ich können den Eimer zusammen tragen."

„Nein", wehrte die Mutter ab. „Es ist schon viel zu spät für euch, um noch aus dem Hause zu gehen."

„Es ist doch noch nicht spät“, sagte Juki. „Und außerdem ist das Land überflutet von Manes Licht.“

Mane - so nannten die Leute in jenem Lande den Mond, und in dieser Nacht schien er voll und weiß und fleckenlos auf die Erde hernieder. Das war zu jener Zeit, als der Mond noch rein und ohne Flecken war.

„Das lasse ich nicht zu“, sagte die Mutter. „Wir können von hier aus den Brunnen nicht sehen und verlieren euch aus dem Blick.“

„Aber wir beeilen uns und sind schnell wieder zurück“, versprach Juki.

„Was meinst du?“, fragte die Frau ihren Mann, und der stimmte zu: „Nun gut, aber nur dieses eine Mal.“

Voller Freude sprangen Juki und seine Schwester hin und her, denn sie hatten noch nie allein im Mondlicht draußen sein dürfen.

„Juki, hol schnell die Tragestange!“, rief Bil. „Der Eimer und der Riemen sind schon bereit.“

Die alten Eltern lächelten über den Eifer, mit dem ihre Kinder zu Werke gingen. Im Nu hatten Bils geschickte Finger das eine Ende des Riemens an den Eimergriff und das andere an die Tragestange geknüpft.

„Ich werde ihn tragen“, sagte Juki, „denn ich habe breite Schultern.“

„Ich möchte aber mithelfen“, bat Bil, und Juki gab ihr das eine Ende der Tragestange.

Die Kinder versprachen noch einmal, vorsichtig zu sein und schnell zurückzukommen. Dann liefen sie davon, die Tragestange mit dem Eimer zwischen sich.

Wie wunderschön doch die Erde bei Nacht sein konnte, wenn Manes Licht sie wie ein Brautschleier umhüllte. Und wie süß die Luft roch. Die beiden lachten und sangen auf ihrem Weg zum Brunnen.

„Meldet euch doch einmal, damit wir euch hören können“, rief der Holzfäller hinter ihnen her.

„Ja doch, ja doch!“, riefen Juki und Bil zurück.

„Wie wundervoll es hier ist“, sagte Bil. „Ich wünschte, ich könnte immer im Mondlicht leben.“

„Natürlich ist es schön“, sagte Juki ernsthaft. „Aber wir sollen Wasser holen und nicht im Mondlicht tanzen.“

„Darf ich den Eimer herunterlassen?“, fragte Bil ihren Bruder.

„Das ist Männerarbeit“, erwiderte Juki und wollte gerade den Eimer ins Wasser hinablassen, als Bil einen Freudenschrei ausstieß. „Schau doch nur, Juki. Verdirb es nicht!“

„Was soll ich nicht verderben? Was meinst du, Schwesterherz?“

„Da, den Mond im Brunnen. Wie lieblich Mane aussieht.“

Juki beugte sich über den Brunnenrand und musste lächeln, denn tief unten im dunklen Wasser war Mane selbst, weiß und fleckenlos, und schaute zu ihnen herauf.

„Oh, Mane, wie schön du bist“, sagte Bil mit leiser Stimme. „Wirf den Eimer noch nicht, Juki. Du würdest sein Gesicht zerstören.“

Juki zögerte. „Aber Schwester, wir sollen Wasser holen. Unsere Eltern werden sicher schon unruhig.“

Es war fast so, als hätten die Eltern diese Worte gehört, denn sie riefen von weither: „Wo bleibt ihr denn? Kommt endlich zurück!“

„Verzeih mir, wunderschöner Mane“, sagte Juki zu dem Mond im Wasser. „Aber meine Mutter braucht Wasser zum Kochen.“ Mit diesen Worten warf Juki den Eimer in den Brunnen. Und er tat es mit einer solchen Wucht, dass er selber von dem Riemen mitgerissen wurde und kopfüber in den tiefen Brunnen fiel.

„Juki!“, schrie Bil.

„Hilfe, Schwester!“, schrie Juki, der im Wasser wild um sich schlug.

„Rette uns, Mane“, flüsterte Bil, und ohne auch nur einen Moment zu zögern, sprang sie Juki hinterher.

Die Kinder klammerten sich aneinander, konnten sich aber nicht über Wasser halten.

Doch Bils Hilferuf war geradewegs zum Mond geflogen, der vom Himmel herab alles sah.

Mane hatte Juki und Bil gesehen, als sie das Elternhaus verließen, er hatte gehört, wie sie sein Licht bewundert hatten, und er hatte auch mit angehört, dass sie sein Spiegelbild im Brunnenwasser nicht zerstören wollten.

Schnell, noch schneller als ein Blitz, der den Sommerhimmel zerreißt, sandte Mane einen Mondstrahl auf die Erde hinab, holte damit die beiden Kinder aus dem dunklen Wasser und setzte sie mitsamt Tragestange und Wassereimer auf den silbernen Mond.

Der Holzfäller und seine Frau waren sofort losgerannt, als sie die Schreie der Kinder gehört hatten, aber sie konnten sie nirgendwo sehen. Nur das Wasser im Brunnen schlug noch leise Wellen.

„Juki! Bil!“, rief die Mutter. „Wo steckt ihr? Wir können euch nicht sehen.“

Während die beiden ratlos in den Brunnen hinabstarrten, beruhigte sich das Wasser und das Spiegelbild des Mondes erschien wieder. Aber es war nicht mehr so wie früher. Manes Gesicht war nicht mehr so rein, so weiß und so fleckenlos; irgendwie wirkte es sonderbar.

Der Holzfäller wandte sich um und blickte zum Himmel empor. Da rann ihm ein kalter Schauer über den Rücken, denn dort oben, mitten auf dem Mond, sah er die Gestalten von zwei Kindern, die eine Tragestange und einen Eimer bei sich hatten.

Auch seine Frau schaute zum Himmel auf. Beide schwiegen lange. Dann sagte die Frau: „So werden wir unsere Kinder nun immer sehen können, nicht wahr?“

„Ja, ja“, sagte ihr Mann. Und Hand in Hand standen die beiden verlassen da und betrachteten ihre Kinder auf dem Mond.

## Vom Mädchen, das den Mond erbarmte

*Sage der Wotjaken (ostfinnisches Volk, genannt Udmurt)*

Unter den Wotjaken, die nahe des Ural-Gebirges leben, erzählt man sich die Geschichte von dem Mädchen, das bei seiner grausamen Stiefmutter lebte.

Bei eisigem, unwirtlichem Wetter wurde es einst von ihr aus dem Hause geschickt, um Wasser zu holen. Nachdem das Mädchen ein Loch in das Eis geschlagen hatte, versuchte es ins Wasser abzutauchen, um sich zu ertränken, weil es sich so unglücklich fühlte. Das Wasser aber nahm das Mädchen nicht an, und so bat es den Mond, der zugeschaut hatte, um Hilfe.

Der Mond hatte Mitleid mit dem verzweifelten Mädchen und holte es mitsamt ihrem Schulterjoch und den beiden daran hängenden Wassereimern zu sich herauf.

Bei Vollmond ist die Gestalt des Mädchens dort oben immer noch zu sehen.

## Der habgierige Mann

*Chinesisches Märchen*

Da gab es irgendwo einmal zwei Nachbarn, von denen der eine freundlich und großzügig war, während der andere voller Habgier und Hinterlist steckte. Eines Tages machten die beiden gemeinsam einen Spaziergang entlang eines Flusses. Dort sahen sie eine kleine Schwalbe mit gebrochenen Flügeln auf der Erde liegen. Der freundliche Mann bückte sich, um sie aufzuheben. „Was kümmert dich dieser Vogel", sagte der habgierige Mann. „Er ist verletzt und wird bald sterben. Er wird nur lästig für dich."

Der freundliche Mann beachtete die Worte nicht und nahm den Vogel vorsichtig mit nach Hause. Dort sorgte er für ihn, bis die Flügel völlig verheilt waren. Dann trug er ihn nach draußen, und als der Vogel auf seiner Hand mit den Flügeln flatterte, sagte er zu ihm: „Flieg, kleine Schwalbe, flieg heim."

Er staunte nicht schlecht, als der Vogel erwiderte: „Du warst sehr gütig zu mir, und da du dafür keinen Dank erwartest, bekommst du von mir eine Belohnung." Die Schwalbe legte einen großen Gurkensamen in die Hand des Mannes und wies ihn an, den Samen einzupflanzen und sorgsam zu gießen. Dann flog die Schwalbe davon.

Der gutherzige Mann versenkte den Samen, und schon bald wuchs aus der Erde eine lange Ranke mit vielen großen Gurken daran. Als der Mann eine davon pflückte, um sie zu probieren, sprang sie auf und es floss Gold und Silber daraus. Die übrigen Früchte waren genauso mit Reichtümern angefüllt. Der Mann konnte seine Freude nicht verbergen und ging hinüber zu seinem Nachbarn, um ihm von seinem Glück zu erzählen.

Der habgierige Mann hörte die Neuigkeit voller Neid und er beschloss auf die gleiche Art reich zu werden. Er wanderte in die Umgebung und hielt Ausschau nach einer verletzten Schwalbe, aber er hatte keinen Erfolg. Mit einer Schleuder bewaffnet, ging er zum Flussufer. Dort schoss er auf eine Schwalbe und verletzte ihr die Flügel. Der Vogel fiel auf die Erde und war unfähig zu fliegen.

Der habgierige Mann hob den Vogel auf und sagte: „Ich werde dich mit nach Hause nehmen und deine Wunden heilen. Aber denke daran, dass ich

dann ebenfalls einen solchen Gurkensamen wie mein Nachbar haben will.“ Er nahm den Vogel zu sich heim und pflegte ihn. Aber jeden Tag erinnerte er ihn an sein Verlangen nach Reichtum. Als der Vogel geheilt und bereit zum Abflug war, legte er einen großen Samen in die Hand des Mannes. „Stecke diesen Samen in die Erde“, sagte die Schwalbe, „und du wirst deinen gerechten Lohn erhalten.“

Aus dem Samen entwickelte sich sehr schnell eine standfeste Ranke, die nicht am Erdboden entlangkroch, sondern geradewegs bis in den Himmel wuchs. Als der habgierige Mann keine Früchte an ihr entdecken konnte, dachte er sich, dass seine Belohnung erheblich größer ausfallen würde als die des Nachbarn.

„Ich werde das Gold und Silber des Mondes ernten!“ Und schon begann der habgierige Mann an der Ranke emporzuklettern, die wirklich bis zum Mond hinaufgewachsen war. Er kletterte und kletterte, doch im selben Augenblick, in dem er den Mond betreten hatte, verschwand die Ranke.

Und so sitzt er heute noch auf dem kalten Mond, ganz allein und für immer.

## Der Zimtbaum im Mond

*Chinesisches Märchen*

In einer klaren Nacht, wenn kein Wölkchen über den Himmel zieht, kann man im Mond Schatten erkennen, die sich hin und her bewegen wie die Zweige eines Baumes. Das sind die Schatten des Zimtbaumes im Mond.

Es soll eine Zeit gegeben haben, in der dieser Baum dort noch nicht gestanden hat. Stattdessen waren dort oben Blütenfelder, in denen zauberhafte Überirdische zu spielen pflegten. Die unsterblichen Wesen waren allesamt Mädchen und Frauen, mit Ausnahme von Wu Kang, dessen Aufgabe es war, den Drachen zu bewachen. Dazu hatte Wu Kang aber wenig Lust, sodass er den Drachen häufig zum Herumtoben freiließ, während er selbst seinem Vergnügen nachging und Wein trank.

Eines Tages kam er auf dem Heimweg vom Meer am Berg K'un Lun vorbei. Dort traf er eine Schar guter Freunde, mit denen er nett plauderte und Gedichte erfand und nebenbei ein Glas Wein nach dem anderen trank. Nicht einmal beim Sonnenuntergang kam es ihm in den Sinn heimzugehen. Er wurde zunehmend fröhlicher, und als er später auf einige Müßiggänger beim Glücksspiel stieß, wollte er sich unbedingt daran beteiligen. Ihm wurde zwar geraten sich heimzubegeben, doch Wu Kang beharrte darauf mitspielen zu dürfen. Die Spieler zeigten sich sehr ungehalten ob dieses armen Teufels als Mitspieler, denn sie spielten um kostbare Schätze. Wu Kang warf sich in die Brust und sagte stolz: „Ich habe eine Drachenperle, die setze ich ein!“ Binnen kürzester Zeit hatte er das Juwel verloren. Da dachte er sich, wenn er den Drachen ohne die Perle heimbringen müsste, wolle er weiterspielen und den Drachen selbst aufs Spiel setzen. Doch wieder war das Glück gegen ihn und so verlor er auch den Drachen. Er besaß gar nichts mehr und musste sich voller Scham heimwärts schleichen.

Die Unsterblichen waren außer sich vor Zorn, als sie von seinem Pech im Spiel hörten.

Sie setzten eine Perle in die Monderde, aus der ein großer Zimtbaum wuchs. Sie gaben Wu Kang eine Axt und befahlen ihm, alle Zweige abzuschlagen. Wenn er das schaffen würde, bevor die nächsten Zweige nachwuchsen, so wollten sie ihm vergeben. Da Wu Kang sehr stark war, fiel es ihm leicht, die Zweige abzuschlagen. Doch kaum war er damit fertig, da sprossen aus den Wunden neue Zweige, die größer und kräftiger waren als die vorherigen. Je mehr seine Kräfte schwanden, umso schneller wuchsen die Zweige, sodass er es nicht wagen durfte, auch nur für einen kurzen Augenblick auszuruhen.

So ist er immer noch Tag und Nacht mit der Axt zugange, und die schwankenden Schatten, die wir zuweilen im Mond sehen, stammen von den herabfallenden Zweigen.

## Die Mondfee

*Chinesisches Märchen*

Zur Zeit des Kaisers Yau lebte ein Fürst namens Hou I, der war ein starker Held und ein guter Schütze. Einst gingen zehn Sonnen am Himmel auf, die schienen so hell und brannten so heiß, dass die Menschen es nicht aushalten konnten. Da gab der Kaiser dem Hou I den Befehl, nach ihnen zu schießen. Der schoss nun neun von den Sonnen herunter.

Er hatte aber auch ein Pferd, das war so schnell, dass es den Wind einholen konnte. Er setzte sich darauf und wollte auf die Jagd. Das Pferd rannte davon und ließ sich nicht mehr halten. So kam Hou I an den Kumlun-Berg und sah die Königin Mutter am Jaspis-See. Die gab ihm das Kraut der Unsterblichkeit. Das nahm er mit nach Hause und verbarg es. Doch seine Frau namens Tschang O fand das Versteck und naschte von dem Kraut. Sogleich schwebte sie zum Himmel empor. Als sie beim Mond angekommen war, lief sie in dessen Schloss, und dort lebt sie seitdem als Mondfee.

Ein Kaiser aus dem Hause Tang saß einmal in der Mittherbstnacht mit zwei Zauberern beim Wein. Der eine nahm eine Bambusstange und warf sie in die Luft; die verwandelte sich zur Himmelsbrücke, auf der die drei zusammen zum Mond hinaufstiegen. Da sahen sie ein großes Schloss, an dem geschrieben stand: „Die weiten Hallen der klaren Kälte“. Ein Kassiabaum stand daneben, der blühte und duftete so, dass die ganze Luft von seinem Duft erfüllt war. Auf dem Baum saß ein Mann, der mit einer Axt die Nebenzweige abhieb. Der eine Zauberer sprach: „Das ist der Mann im Monde. Der Kassiabaum wächst so üppig, dass er mit der Zeit den ganzen Glanz des Mondes überschatten würde. Darum muss er alle tausend Jahre einmal behauen werden.“ Dann traten sie in die weiten Hallen. Silbern türmten sich die Stockwerke übereinander. Die Säulen und Wände waren alle aus Wasserkristall. Es waren Käfige und Teiche da und darinnen waren Vögel und Fische, die sich wie lebend bewegten. Die ganze Mondwelt schien aus Glas zu sein.

Während die drei Männer noch nach allen Seiten Ausschau hielten, trat die Mondfee in regenbogenfarbenem Gewand und weißem Mantel auf sie zu. Lächelnd sprach sie zum Kaiser: „Du bist ein Fürst der Welt des Erdenstaubs. Du musst mit Glück gesegnet sein, dass du hierher gelangen konntest.“ Darauf rief sie ihre Dienerinnen, die auf weißen Vögeln herangeflogen kamen, und sie sangen und tanzten unter dem Kassiabaum. Reine, klare Klänge tönten durch die Luft. Neben dem Baum aber stand ein Mörser aus weißem Marmelstein. Ein Hase aus Jaspis zerstieß darinnen Kräuter. Das war die dunkle Hälfte des Mondes.

Als der Tanz zu Ende war, kehrte der Kaiser mit den beiden Zauberern wieder zur Erde zurück. Er ließ die Lieder, die er im Monde gehört hatte, aufzeichnen und von Jaspisflöten begleitet im Birnengarten singen.

## Der Mond der Kinderzeit

*Li Tai Po (701–762 n. Chr.)*

Als Kind wusst' ich nichts vom Monde, nein,
er war ein Schild aus weißem Edelstein,
der Spiegel von des Perlenturmes Wand,
der hinflog an der lichten Wolke Rand!
Der „sel'ge Mann" ließ beide Füße hängen,
die Zimmetbäume standen dort in Mengen.
Der weiße Hase braut' Ambrosia;
ich fragte oft: „Wer aber trinkt es da?"
Und kam der Drache dann, der ihn verschlingt,
dass tief und tiefre Nacht herniedersinkt,
wie harrt' ich des, der die neun Vögel schoss,
bis wieder Freude war im Götterschloss!
Doch wenn sein Leuchten mehr und mehr verblasste
und ich ihn schwinden sah und es nicht fasste,
wie kaum um etwas dann ergriff mich Schmerz,
und bittres Leid schnitt mir ins tiefste Herz.

## An old Woman

*Aus Indien*

An old woman lives in the sky.
She looks after the cows and the goats
that belong to the gods.
She tethers the sheep to the rainbow.
She stakes out the sheep on the rainbow
so they will not wander away.
An old woman sat in front of her house
one day, spinning.
The wind blew her thread and tangled it.
So the moon took pity on her
and invited her to the sky.
Invited her to live in the moon
where there is no wind.
The shadows on the moon are the old woman spinning
and her husband beside her smoking his long water pipe.

## Eine alte Frau

Droben im Himmel lebt eine alte Frau.
Sie hütet die Kühe und Ziegen, die den Göttern gehören.
Sie treibt die Schafe zum Regenbogen
und pflockt sie dort an, damit sie nicht entlaufen.
Einst saß die alte Frau vor ihrem Haus am Spinnrad.
Der Wind blies ihr ins Garn und zerzauste es.
Der Mond erbarmte sich ihrer und lud sie ein;
lud sie ein, im Monde zu leben, wo es windstill ist.
Die alte Frau, die ihr Spinnrad dreht,
und ihr Mann, der die lange Pfeife raucht,
die beiden sind es, die wir als Schatten sehen im Mond.

## Hina, die Frau im Mond

*Hawaiisches Märchen*

Hina war eine verhärmte Frau, die in ihrem Leben viel arbeiten musste und mit den Jahren immer müder und ausgemergelter wurde. Jeden Tag saß sie vor ihrem Haus und schlug aus Baumrinden mit einem Holzhammer den Tapabast heraus, aus dem Kleidung für die ganze Familie gemacht wurde.

Dieser mühseligen Arbeit war sie ziemlich überdrüssig. Und wenn sie alle Rinden auf einem Brett leergeschlagen hatte, dann musste sie noch mit der Kürbisflasche weggehen, um Wasser zu holen. Vor lauter Müdigkeit taumelte sie oft durch die Dunkelheit heimwärts.

Im Hause war niemand, der ihr half. Ihr Sohn segelte von Insel zu Insel und beraubte die Bewohner. Ihre Tochter war gegangen, um mit wilden Leuten im Wald zu leben. Ihr Mann war ständig missgelaunt und bürdete ihr immer mehr Arbeit auf.

So war Hina alt geworden und sie sehnte sich nur noch nach einem Platz zum Ausruhen. Eines Tages, als sie mit einem Netz zum Fischen fortgeschickt worden war, schrie sie auf den Klippen ihren Kummer aus sich heraus: „Oh, wäre ich doch weit weg von hier und könnte irgendwo Ruhe finden!“

Der Regenbogen hörte Hinas Klageruf und bekam Mitleid mit ihr. Er baute ihr einen Brückenpfad von den Felsklippen hinauf zum Himmel. Mit dem Netz in den Händen betrat Hina den Pfad. Sie wollte hinauf zum Himmel und von dort weiter zur Sonne, um sich dort auszuruhen.

Auf der Regenbogenbrücke stieg sie höher und höher, doch je weiter sie kam, desto mehr litt sie unter den stechenden Strahlen der Sonne. Zum Schutz hielt sie sich das Fischnetz über den Kopf. Als sie aus den Wolken heraustrat, strahlte die Sonne noch erbarmungsloser auf Hina ein, sodass sie auf ihrem Weg nur noch kriechen konnte. Letztendlich glitt sie, von der sengenden Hitze völlig entkräftet, wieder zur Erde zurück. Dort war es dunkel geworden. Hina stand vor ihrem Haus und sah, wie ihr Mann mit der Kürbisflasche voll Wasser heimkam. Er schimpfte laut vor sich hin und bedachte Hina mit üblen Worten. Als er ihrer ansichtig wurde, schalt er sie, weil sie nicht für Wasser gesorgt hatte.

Nun, da die Sonne untergegangen war und deren Strahlen Hina nichts mehr anhaben konnten, kehrten ihre Kräfte wieder zurück. Sie schaute zum Himmel auf. Dort erblickte sie den Vollmond, und sie sagte: „Zum Mond werde ich gehen. Er schaut so ruhig und so friedlich aus. Dort werde ich sicher lange Zeit sitzen dürfen, um mich auszuruhen."

Doch vorher ging sie noch ins Haus, um den Flaschenkürbis mit all den Dingen zu holen, die ihr lieb und teuer waren. Als sie wieder herauskam, stand vor dem Haus eine Mondscheinbrücke. Weil sie ihre Kostbarkeiten bei sich hatte, wurde ihrem Mann klar, dass sie fortgehen wollte, und er fragte nach ihrem Ziel. „Ich gehe zum Mond, um mich endlich einmal auszuruhen", sagte Hina und begann auf die Mondscheinbrücke zu klettern. Ihr Mann sprang auf und versuchte sie am Fuß festzuhalten. Er fiel hin und verdrehte ihr beim Sturz den Fuß.

Obwohl sie hinken musste, weil der Fuß so schmerzte, schaffte Hina es fortzukommen. Immer weiter entfernte sie sich von der Erde. Sie kam in das Reich der Sterne und fragte nach dem Weg zum Mond. Die Sterne wiesen ihr den Weg und so erreichte sie endlich ihr Ziel.

Sie kam mit der Kürbisflasche zum Mond, und der Mond gewährte ihr einen Platz zum Ausruhen.

Dort ist Hina geblieben. Die Leute von Hawaii können sie bei klarem Himmel gut erkennen – mit ihrem lahmen Fuß und ihrer Kürbisflasche an der Seite. Doch auf Hawaii wird sie längst nicht mehr Hina genannt, sondern LONO MOKU, das bedeutet LAHME MONDFRAU.

Aber einige wissen es auch anders. Sie behaupten, dass Hina statt der Kürbisflasche ihr Tapabrett und den Hammer mitgenommen hat. Und sie erzählen weiter, dass die feinen flockigen Wolken, die man zuweilen um den Mond herum sehen kann, in Wirklichkeit Tapabastflocken sind, die Hina aus der Baumrinde herausschlägt.

## Der Alte Mann und die Astronauten

*Eine wahre Geschichte aus Neuguinea*

An der Küste von Neuguinea gab es ein Buschdorf mit Namen Bongu. Vielleicht gibt es dieses Dorf auch heute noch. Kokospalmen beschatteten die Meeresbucht und den Ort, der mit seinen grasgedeckten Hütten einen freundlichen Eindruck machte.

Landeinwärts – zu den Bergen hin – breitete sich ein Dschungel aus, der voll von Nashornvögeln und Orchideen war und in dessen Flüssen wilde Krokodile hausten.

Die ganze Liebe der Bewohner von Bongu aber gehörte dem Meer. Während des Tages pflegten sie dort zu fischen, entweder mit Netzen oder mit dem Speer vom Boot aus oder auch von den felsigen Klippen entlang der Küste. Doch noch lieber fischten sie bei Nacht, wenn der Vollmond seines Weges zog. Dann ist die beste Zeit, den Rotfisch mit den großen Augen zu fischen.

In dem Ort gab es keine Straßen und Autos, keine Elektrizität und kein Fernsehen. Aber wie in ganz Neuguinea lauschte man dort gern dem Transistorradio.

So war es auch an jenem Tag, an dem die amerikanischen Astronauten ihr Raumschiff verließen, um erstmals den Mond zu betreten und seine Oberfläche zu erforschen. An diesem Tag herrschte in Bongu Ruhe wie an einem Feiertag. Feld- und Dacharbeiten unterblieben, niemand ging fischen, und die Kinder brauchten sich nicht auf den langen Weg zur Missionsschule zu machen. An jenem Tag waren alle Leute von Bongu völlig im Bann des Radios.

MÄNNER AUF DEM MOND? – Das war doch kaum zu glauben. Voller Ehrfurcht folgten die Dorfbewohner den Meldungen. Nur Kandege, ihr Häuptling, war zutiefst beunruhigt über das, was er hörte.

„Astronauten – wie sehen die aus?“, fragte sein Enkel Jun. „Sind das echte Menschen?“

„Astronauten sind Menschen wie du und ich“, belehrte Kandege seinen Enkel. „Ich habe in Madang Bilder von ihnen in der Zeitung gesehen.“ Er dachte eine Weile nach. „Einen kleinen Unterschied gibt es allerdings“, gab er zu. „Sie haben keine gebohrten Löcher in der Nasenscheidewand wie wir.“

„Dann können sie gar nicht in die überirdische Welt hinaufgezogen werden, wenn sie sterben?“ Jun hatte in seinem jungen Leben vielleicht ein Dutzend Europäer oder Amerikaner gesehen. Stimmt! Kein Einziger von ihnen hatte ein Loch in der Nase, durch das die Sonne scheinen konnte.

„Sie haben auch keine Löcher in den Ohrläppchen und können deshalb keine Schmuckstücke darin tragen, diese Astronauten“, sagte Kandege. „Sie beschweren nicht einmal eines ihrer Ohrläppchen, damit es hübsch herabhängt.“

„Haben sie blasse Gesichter?“, fragte Jun und betastete seine eigene dunkle Haut.

„Sie haben eine andere Hautfarbe und sie tragen fremdartige Kleidung, aber sonst sind sie ganz normale Menschen mit zwei Beinen zum Laufen, zwei Augen zum Sehen, zwei Ohren zum Hören und einer Zunge zum Schmecken“, sagte der Großvater.

So plauderten die beiden miteinander, während sie am Radio saßen.

„Ob es wohl Krokodile auf dem Mond gibt?“, fragte Jun. Und sein Großvater fragte zurück: „Gibt es denn auf dem Mond Flüsse, in denen die Krokodile leben könnten?“ Für einen Augenblick lächelte Kandege bei dem Gedanken an Mondkrokodile, dann aber kehrte der besorgte Ausdruck in sein Gesicht zurück.

„Wenn es nun auf dem Mond Flüsse mit Krokodilen gäbe, hätten die Astronauten dann genauso Angst vor ihnen wie wir?“, fragte Jun.

„Sie sind Männer“, sagte Kandege. „Unbekümmerte Männer, wenn ich es recht bedenke, vielleicht sogar dumme. Mag sein, dass sie ohne Angst sind, doch eigentlich sollten sie welche haben. Ein Mann ist erst ein Mann, wenn er die Angst kennt.“

Der Abend kam und am Himmel erschien der Mond mit den Astronauten und lackierte die Palmwedel von Bongo mit seinen Lichtstrahlen.

Juns Mutter brachte den beiden Essen, doch Kandege rührte es nicht an. Es gab Fleischstückchen von Nashornvögeln in Kokosmilch mit Gemüse und Brotfrüchten. Dazu Jamswurzel und eine Flasche mit warmem Bier.

Jun konnte nicht begreifen, dass die Meldungen, die aus dem Radio kamen, dem Großvater den Appetit verschlugen. Jun war immer hungrig. Nach dem Essen nickte er neben dem Radio ein. Doch Großvaters ärgerliche Stimme machte ihn wieder wach.

„Horch nur! Hör zu, was sie da oben anstellen! Das erste Mal konnte ich es noch verstehen. Aber nochmals! Warum nur? Und wie oft wollen sie das wiederholen? Ich sage dir, das kann nicht gut gehen. Ich muss jemanden finden, der ihnen die Botschaft hinaufsendet, dass sie sofort damit aufhören sollen!“

Jun rieb sich die schläfrigen Augen. „Du willst versuchen, die Astronauten von hier aus zu stoppen?“

„Von hier aus“, wiederholte Kandege. „Und wenn nicht von hier, dann werde ich nach Madang gehen. Erreiche ich auch dort nichts, dann nehme ich ein Flugzeug nach Port Moresby. Ich würde sogar nach Sidney reisen und noch weiter zur Queen nach London.“

Kandege legte seinen Orden um, der ihm von der englischen Königin verliehen worden war. Er gab Jun das Radio zum Tragen.

„Zuerst fragen wir mal den Lehrer“, sagte er. „Schließlich ist er geschult, und wenn der keine Antwort weiß, dann werden wir nach Madang gehen.“

„Jetzt?“ Jun war noch nie in Madang gewesen, aber sicher war die Stadt eine Tages- oder eine Nachtreise von ihnen entfernt.

„Jetzt!“, wiederholte Kandege entschlossen.

Auf dem Wege zum Haus des Lehrers huschten in der Dunkelheit Eidechsen an ihnen vorbei. Im Mondlicht tauchten seltsame Schatten auf. Jun musste an Geister denken und bekam vor Furcht eine Gänsehaut.

Sie mussten lange rufen und danach warten, bis der Lehrer endlich mit einer Taschenlampe in der Hand vor dem Haus erschien.

„Ich habe eine Frage an dich“, sprach Kandege ihn an. „Wenn du sie nicht beantworten kannst, gehe ich noch heute Nacht weiter nach Madang. Erfahre ich auch dort nichts, nehme ich ein Flugzeug nach Port Moresby. Ich würde sogar nach Sidney oder zur Queen nach London reisen.“

Der Lehrer schaute auf Kandeges beunruhigtes Gesicht und auf den Orden an seiner Brust. „Wenn das eine so wichtige Angelegenheit ist, sollten wir sie nicht hier draußen in der Dunkelheit besprechen. Kommt mit mir!“

Er führte Kandege und Jun hinüber zur Schule, dem einzigen Gebäude in europäischem Stil in Bongu. Drinnen zündete er eine Laterne an.

„Was ist das also für eine wichtige Frage, dass ihr mich deswegen aus dem Bett holt?“, fragte er Kandege.

„Mir geht es darum: Wie viele Steine tragen die Astronauten vom Mond weg? Wenn sie nämlich zu viele davon nehmen, wird der Mond weniger Licht geben. Und was sollen wir Bongu-Leute ohne genügend Mondlicht tun? Wir können den Rotfisch mit den großen Augen nicht mehr fangen, wenn der Mondschein nicht ausreicht!“

„Au weh!“, stöhnte Jun. Daran hatte er überhaupt noch nicht gedacht. Das war viel schlimmer als der Gedanke an Krokodile.

„Weißt du darauf eine Antwort?“, drängte Kandege.

„Lass mich mal überlegen“, sagte der Lehrer. Er dachte lange nach.

„Ich wüsste schon etwas“, sagte er endlich. „Doch ich sollte dir besser ein paar Bücher zeigen.“

„Meine Augen taugen nicht zum Lesen“, sagte Kandege stolz. Jun verriet Großvaters Geheimnis nicht, falls es überhaupt eines war. Kandege hatte nämlich niemals lesen gelernt.

„Ich könnte es dir auch erzählen“, sagte der Lehrer, „aber Ohren sind schwer zu überzeugen. Kommt also mit!“

Der Lehrer nahm die Laterne, und die drei gingen auf einem steilen Pfad zwischen den Palmen hinunter zur Meeresbucht. Der Sand hatte die bleiche Farbe des Mondlichtes und das ruhig daliegende Meer spiegelte dessen Schein wider. Die Palmwedel rieben sich leise aneinander, sodass man meinen konnte, es regne.

Der Lehrer erklärte: „Du musst dir jetzt einmal vorstellen, dass das Raumschiff gerade eben Platz für die Astronauten bietet. Sie können also jedes Mal nur einen kleinen Behälter mit Steinen vom Mond mitnehmen.“ Er reichte Kandege eine halbe Kokosnussschale. „Fülle sie bitte mit Wasser und leere sie dort aus, wo ich es dir zeigen werde.“

Kandege schaute verblüfft drein. Sollte das eine Zauberübung werden? Er selbst glaubte an Zauber, aber dem gebildeten Lehrer traute er es nicht zu. Kandege füllte die Schale mit dem Wasser einer über den Strand rollenden Welle.

Er brachte die Schale dorthin, wo der Lehrer auf ihn wartete. „Leere sie hier aus!“

Kandege goss das Wasser in ein Loch, das der Lehrer in den Sand gegraben hatte.

„Hol jetzt neues Wasser!“

Kandege tat es und so ging es hin und her, bis sein Rücken zu schmerzen begann und er ärgerlich wurde. „Was soll das eigentlich? Ich könnte die ganze Nacht über Wasser aus dem Meer holen und damit doch nicht das Sandloch füllen.“

„Das war es, was ich dir erklären wollte“, sagte der Lehrer.

Wütend warf Kandege die Kokosnussschale weg. „Willst du mich verulken? Ich könnte mein Leben lang Meerwasser schöpfen und trotzdem würde die Flut an derselben Stelle weiter auf den Strand rollen? Wo bleibt die Antwort? Du sollst antworten und mir nicht mit üblen Tricks kommen!"

„Du hast deine Frage selbst beantwortet", sagte der Lehrer. „Das ist keineswegs ein übler Trick. Denn genau wie mit dem Meer und dir und dem Kokosnussschöpfer ist es mit dem Mond und den Astronauten und den wenigen Steinen, die sie in ihrem Raumschiff wegtragen können."

„Wenn sie nun aber jeden Tag Steine wegnähmen und das ihr Leben lang?"

„Sie kommen weder täglich noch wöchentlich zum Mond, sondern allenfalls noch ein paar Mal im Laufe unseres Lebens. Ich bin überzeugt davon, dass die Astronauten den Mond so verlassen werden, wie sie ihn vorgefunden haben."

Kandege blickte auf die Kokosnussschale, auf das Meer und dann hinauf zum Mond, der ruhig seine Bahn über den Himmel zog.

„Es ist eine wunderschöne Nacht zum Fischen", sagte er. „Jun, wir werden jetzt nicht nach Madang gehen. Aber wir tun es morgen! Ich muss den Astronauten eine Botschaft senden. Sie sollen wissen, dass es uns Leuten von Bongu Recht ist, wenn sie einen kleinen Sack mit Steinen vom Mond forttragen. Aber ich muss sie auch warnen, dass sie nicht zu viel davon nehmen – und nicht zu oft." Er zwinkerte Jun zu. „Und soll ich bei der Gelegenheit gleich nachfragen, ob sie dort oben Krokodile gesehen haben?"

# Kleiner Führer durch das Mythen- und Legenden-Planetarium

# „Es werde Licht – und es ward Licht“

Fast wie ein Zauberspruch – so kurz und einprägsam – klingt diese biblische Schöpfungsformel. Für den modernen Menschen, der sich der Dunkelheit per Knopfdruck entziehen kann, hört sich der Satz ganz selbstverständlich an und wird ohne weiteres Nachdenken hingenommen.

Welch völlig andere Einstellung die Menschen der Frühzeit dem Phänomen der Helligkeit und des Tageslichtes gegenüber hatten, lässt sich aus den Mythen und Legenden der einzelnen Völkergruppen ablesen. Für viele von ihnen war diese Schöpfungsleistung so wesentlich, dass sie die entstandene Helligkeit, die der Himmel ausstrahlte, mit der Schöpferkraft gleichgesetzt und zum göttlichen Lichtwesen erkoren haben. Doch nicht nur die Mythen und Legenden weisen auf die Bedeutung des Lichtes als Lebenselement hin.

Bei den Hopi-Indianern, deren Urahnen der Überlieferung nach aus der Unterwelt auf die Erde kamen, muss die ungewohnte Helligkeit des Tages einen besonders nachhaltigen Eindruck hinterlassen haben. In der Hopi-Sprache werden zwölf verschiedene Nachsilben benutzt, um zwölf unterschiedliche Tageszeiten zu bezeichnen.

Und wenn es in unserem Sprachgebrauch heißt, dass ein Menschenkind „das Licht der Welt“ erblickt, so besteht darin eine fast wörtliche Übereinstimmung mit einer Sentenz der Ashanti, die in Ghana und an der Elfenbeinküste leben. Sie besagt: „Wenn ein Säugling zum ersten Mal die Augen aufschlägt, schaut er zum Himmel. Wenn die Henne Wasser trinkt, schaut sie zum Himmel. Der Himmel ist Gottes Antlitz, die Sterne bilden seinen Schmuck und die Wolken seinen Schleier ...“ Und derjenige, in dessen Antlitz die Ashanti schauen, trägt den Namen Onyame, was gleichbedeutend ist mit „hell, glänzend, strahlend“.

Groß ist die Anzahl der Bezeichnungen für jene Himmelsgottheiten, die als weltentrückte, überpersönliche Wesenheiten angesehen werden. Sie reichen von Amitábha, was im Sanskrit für „unermessliches Licht“ steht, über den buddhistischen Ákáshabarbka („dessen Ursprung der Äther ist“) sowie den mongolischen Tengri erketü („mächtiger Himmel“) bis hin zu dem chinesischen Ling-pao-t'ien-tsun, dessen überirdische Leuchtkraft als „himmlischer Ehrwürdiger des Magischen Juwels“ im poetischen Klang seines Namens eingefangen ist.

Anders als bei den Gottheiten, deren bloße Existenz bereits Helligkeit erzeugt, sieht es bei jenen Gottheiten aus, die in der Gestalt des Himmelsvaters und Weltenordners eine Personifikation erfahren und damit aktiv werden.

In dem Gott Esdrum sehen die Sibirier den Ordner der Welt, der gleichzeitig den Himmel verkörpert. Einmal im Jahr, und zwar am längsten Tag im Frühling, nähern sich die Erde und die anderen Gestirne seiner Wohnung und nehmen gute Wünsche für ihre Reise durchs Weltall in Empfang.

Ein ungemein lebendiges Bild vermittelt die nordische Vorstellung durch die im germanischen Tagesgott Gestalt gewordene Helligkeit. Dag (Tag) reitet täglich auf seinem Pferd Skinfaxi (Leuchtmähne) über den Himmel und folgt seiner Mutter Nótt (Nacht) in regelmäßigem Abstand. Bei den Ainu wohnt der Schöpfergott Pase Kamui als ehrwürdiger Greis in einem von gleißendem Licht umgebenen Haus des obersten Himmels, nachdem er die Erde aus dem Urschlamm geformt hatte.

Das Motiv der Erschaffung der Erde aus dem Urschlamm oder dem Urmeer ist im alten Weltbild genauso häufig vorhanden wie das Motiv des Welteneies, aus dem das Universum entstanden ist. Von dieser Vorstellung ist das altägyptische Weltbild vom Urschlamm, der ein goldenes Ei hervorgebracht hat, ebenso geprägt wie das orphische Weltbild, bei dem die Symbolfigur des Eies von einer Schlange umwunden ist, die ihrerseits die Zeit als Grenze der geschaffenen Welt symbolisiert.

Einem goldenen Ei, das im Urmeer trieb, soll auch der Gott Brahma entstiegen sein. Eine andere altindische Version besagt, daß die Ur- und Muttergöttin Ammavaru drei Eier in das Milchmeer gelegt hat. Die untere Hälfte eines der Eier wurde zur Erde, die obere zum Himmel. Aus dem dritten Ei gingen die hinduistischen Götter Brahma, Vishna und Shiva hervor.

Die so oft gestellte Frage, was zuerst da war: das Ei oder die Henne, muss die Menschheit schon sehr frühzeitig beschäftigt haben. Die Ureinwohner der Osterinsel haben dafür eine sinnfällige Erklärung gefunden. Eines ihrer Felsenreliefs bekundet, dass ein Vogelgott das Weltei gelegt hat, das fürderhin von einem auf der Insel heimischen Vogelmenschen getragen wird.

Noch mehr ins Detail geht der Schöpfungsmythus der Bewohner Tahitis und der gesamten Südseeinseln. Ihr Gott Ta'aroa, der vormals in einem Weltei mit Namen Rumia (das Ungeformte) schlief, erschuf sich selbst, indem er die Schale sprengte. Doch die absolute Stille um ihn herum stimmte ihn traurig, und so machte er die eine Schalenhälfte zum Himmel und die andere zur Erde, die er mit selbst geformten tierischen und menschlichen Wesen belebte.

Von gleicher Sprengkraft beseelt wie der polynesische Ta'aroa erwies sich der chinesische Urriese Pan-ku, der vor Beginn aller Zeiten in dem riesigen, von Dunkelheit umgebenen Weltei schlief. Als er erwachte, zerschlug er mit einer Axt dessen Schale, wobei der eine Teil davon nach oben stieg und zum Himmel wurde, während der andere nach unten sank und zur Erde wurde. Pan-ku machte sich sogleich ans Werk und meißelte aus einem Chaos-Felsen das Universum. Doch er verbrachte Tausende von Jahren damit, den Himmel mit dem Kopf und die Erde mit den Füßen abzustützen, weil er befürchtete, dass die beiden Ei-Elemente sich wieder vereinigen würden. Erst dann zog er sich in die Entrücktheit zurück, die fast allen Schöpfergottheiten zu Eigen ist.

Etliche von ihnen haben noch eine Zeit lang am Erdenleben teilgenommen und legten dabei handwerkliche, architektonische und sogar musische Fähigkeiten an den Tag, die sie den Menschen weitervermittelten.

Zu den Göttern mit Erfindergeist gehört Mixcoatl, der Stammesgott der Chichimeken. Er nützte das sich drehende Firmament als einen am Himmelspol angesetzten Quirlbohrer und bohrte damit das Feuer.

Der Schöpfergott Vishvakarma (im Sanskrit: „der Allschaffende") gilt als Weltenbaumeister, der die Architektur erfand; gleichzeitig ist er Ratgeber und Waffenschmied seiner vedischen Götterfamilie.

So manche der entrückten Gottheiten haben Helfer und Heilsbringer in Menschen- oder Tiergestalt beauftragt, das Erdenleben mit den Menschen zu teilen. Das geschah nicht immer auf wohlgefällige, sondern häufig auf arglistige Weise. Je mehr die einzelnen Völker den Gewalten der Natur ausgeliefert sind, desto zwielichtiger und unberechenbarer sind ihre Heroen. Bereits in den zwanziger Jahren unseres Jahrhunderts wurden sie von dem Berliner Mythenforscher Walter Krickeberg als „Trickster-Figuren" enttarnt, weil sie sich sowohl als Heils- und Kulturbringer wie auch als Ränkeschmiede offenbarten. Dass dabei auch Tieren wie Kojote, Puma oder Rabe die Heilsbringerschaft zuerkannt wurde, spricht von der tiefen Ehrfurcht gegenüber der Mutter Erde, deren erste Kinder die Tiere waren. Besonders auffallend ist das Trickster-Vorkommen bei den Indianern Nordamerikas sowie bei den Azteken und Inka Mittel- und Südamerikas. Sogar der erst sehr spät erschlossene Fünfte Kontinent – Australien – birgt in seinem mythologischen Erzählgut („Traumzeit") aufschlussreiche Hinweise auf die Ambivalenz im Erscheinungsbild seiner Urväter, zu denen Bunjil, der Schöpfergott der Kulin und Kurnai in Westaustralien, zählt. Nachdem er die Erde geschaffen hatte, formte er Landschaften auf ihr und belebte sie mit Gewächsen und Tieren. Aber es fehlten ihm vertraute Wesen, mit denen er singen und tanzen konnte. Er formte zwei Gestalten, doch als er ihnen Leben einhauchen wollte, erwies sich sein Atem als gewaltiger Sturm, der alles in der Umgebung zunichte machte. (Gerade diese Stelle scheint hervorhebenswert, weil sie sehr plausibel die Entstehung der drei riesigen Wüstengebiete in Westaustralien erklärt.) Als der Sturm sich gelegt hatte, wurden die beiden Gestalten lebendig und Bunjil blieb noch lange bei ihnen. Er unterrichtete sie in allen lebensnotwendigen Dingen und lehrte sie singen und tanzen. All diese Weisheiten haben die beiden an ihre Nachkommen – also die Aborigines, die Ureinwohner Australiens – weitergegeben, deren oberstes Gesetz noch heute das Leben in der Gemeinschaft ist, die wiederum durch Gesänge und Tänze in Erinnerung an die „Traumzeit" geprägt wird.

## Sphärenklänge

„Musik liegt in der Luft" – diese schöne Redensart lässt sich ihrem Sinngehalt nach bei den einzelnen Völkern bis in die Schöpfungsperiode zurückverfolgen. Auffallend in deren Mythen ist das Vorkommen der Elemente Feuer, Luft, Wasser und Erde als Urheber der Musik.

Gleich die Anfangsgeschichte „Die Schöpfung" (nach der Fassung von Bogotá) überrascht durch die Bedeutung des Atemhauchs aus den Schnäbeln der Vögel, die damit Einfluss auf den Schöpfungsprozess genommen haben.

Von überwältigender Vorstellungskraft zeugt der weit verbreitete Glaube, dass ein Schöpferwesen die Dinge dieser Welt gesungen oder seine Helfer damit beauftragt haben soll, wie es in den Legenden aus Finnland und Irland zu lesen ist.

Bei den Pawnee-Indianern lässt Tirawa („Vater oben“) den Schöpfungsgesang anstimmen. Für sie ist Tirawa der Gott des Himmelsgewölbes; der Wind ist sein Atem und die Blitze sind seine Blicke.

Auch die Wiradyuri und die Kamilaroi unter den Eingeborenen in Australien glauben im Sausen des Schwirrholzes die Stimme ihres Himmelsgottes Daramulu zu hören.

Von der gewaltigen Musik der Natur berichtet eine weitere Legende der australischen Aborigines über den Donnermann Mamaragan, der in den Regenzeitenwolken lebt: „Die Kämme der Wolkenberge sind riesige Felsbrocken. In der Regenzeit schlägt Mamaragan mit dröhnendem Gelächter die großen Felsen am Himmel gegeneinander. Der scharfe Knall des Blitzes ist der Lärm der zusammenstoßenden Steine, die Blitzstrahlen sind die auffliegenden Funken und der Donner ist Mamaragans Gelächter.“ Nirgendwo auf der Welt scheint die Verbindung zur Musik so bedeutsam zu sein wie bei den Ureinwohnern Australiens. Wichtiger als die sprachliche Verständigung untereinander ist ihnen der Einklang in ihren Gesängen und Tänzen, mit denen sie die Verbindung zu ihrer „Traumzeit“ suchen. Auf jene, „Alchera“ genannte Zeit, in der ihre Urahnen das Erdenleben begonnen haben, weisen die schraffierten Traumnoten und Liedzeilen auf Felsbildern und bemalten Rindenstücken hin.

Obwohl die ältesten erhaltenen Felszeichnungen etwa 10.000 Jahre alt sind, zählt diese Zeitspanne nicht, denn die als Nomaden lebenden Aborigines kennen keine Zeiteinteilung durch geschichtliche Ereignisse. sondern suchen auch in der Gegenwart noch die Kontinuität zur Traumzeit.

Nach jüngsten Erkenntnissen von Archäologen ist die Religion der australischen Ureinwohner möglicherweise das älteste auf der Erde erhaltene Glaubenssystem. Es ist geprägt von einer tiefen Ehrfurcht vor der „Mutter Erde“, deren Oberfläche durch keinerlei menschliche Handlungen verletzt werden darf. Doch die vielen fremdartigen Zivilisationseinflüsse, die von anderen Kontinenten her in diese Vorstellungswelt eindringen, bringen auch hier den angeborenen Lebensrhythmus aus dem seit altersher eingeübten Gleichklang.

In völlig anderem Sinne offenbaren sich Gesang und Tanz in den Göttersagen des Hinduismus.

So wie all die „Himmelsväter“ aus der weltumfassenden unpersönlichen Wesenheit heraustraten und Gestalt annahmen, so werden hier ebenfalls die sphärischen Klänge in den siebenundzwanzig Gandharvas personifiziert, die ihren Wohnsitz im Luftraum haben. Diese himmlischen Musikanten, deren Name mit dem des Licht- und Sonnengottes identisch ist und deren Zahl den Sternbildern entspricht, singen und tanzen zusammen mit ihren Frauen bei den Festlichkeiten der Götter. Nach ihnen wiederum ist die hinduistische Musiklehre Gandharva benannt. Doch dessen nicht genug: außer den Gandharvas gibt es noch die Kinnaras, die ebenfalls zur Freude der Götter tanzen und musizieren. Dargestellt werden sie und ihre Frauen, die Kinnaris, als Koboldwesen, halb Vogel, halb Mensch, mit einer Laute in den Händen.

Bei den Indianern werden die Tänze von Flötenmusik begleitet, die von ihnen als „Wind, der Leben ins Herz bringt“ poetisch umschrieben wird. Für sie stellten die sechs Löcher der Flöte die Erde, den Himmel und die vier Himmelsrichtungen dar.

# Der Weltenbaum

Im Motiv des Ur- oder Weltenbaumes als Verbindung zwischen Himmel und Erde besteht eine geradezu frappierende Übereinstimmung in den Vorstellungsbildern der Menschheit.

In der germanischen Mythologie ist es die Weltesche Yggdrasil, auch „Baum der Weisheit" genannt, in dessen Schatten die drei Nornen an einer Quelle leben und den Baum täglich mit Wasser besprengen, damit er nicht welke. Anlässlich von Ragnarök, dem Tag der universellen Zerstörung, können sich Lif und seine Frau als einzige Menschen in die Baumkrone retten, um später gemeinsam den Aufbau einer neuen Welt vorzunehmen.

Wie sich doch die Bilder gleichen: Vom Grundmotiv her, das den Weltuntergang und das Überleben zweier Menschen im Wipfel eines Baumes beinhaltet, sind die Linien der Tolteken-Legende vom Ende der vierten Welt mit denen vom Tage Ragnarök deckungsgleich.

Im Wipfel eines riesigen Baumes hatte Di Jun, der chinesische Gott des östlichen Himmels, seinen Wohnsitz.

Sykokomore hieß der „heilige Baum" der ägyptischen Göttin Isis, und Goa-kerena ist der iranische Lebens- und Unsterblichkeitsbaum, der bis in den „Weltozean des Himmels" (Vourakasha) ragt. Bei den Ungarn heißt der Weltenbaum Tetejetlen nagy fa. Er wächst durch mehrere Welt- und Himmelsschichten und reicht bis zur äußersten Spitze des Himmelsgewölbes.

Das von einem Oval umrahmte sibirische Weltbild zeigt den Weltenbaum, der aus der Unterwelt emporwächst, sich über die Erdscheibe mit Tieren und Menschen erhebt und bis in den höchsten Himmel der Götter hineinragt.

Bei den Herero in Namibia war es der Schöpfergott Mukuru, der aus dem Urbaum, dem „Baum des Lebens", die ersten Menschen erweckte.

Der indonesische Gott Sirao wählte den umgekehrten Schöpfungsvorgang: Er schuf das erste Wesen Sihai, aus dessen Herz der Weltenbaum entspross und aus dessen rechtem Auge die Sonne und aus dem linken der Mond entstand.

Auf sehr ähnliche Weise entstand der mikronesische „Baum der Ahnen". Der ältere der beiden Schöpfer mit Namen Nareau bildete aus einer Muschel Himmel und Erde und formte aus Sand und Wasser Nareau den Jüngeren. Dieser führte die Schöpfung zu Ende und opferte dann seinen Vater, aus dessen Augen Sonne und Mond wurden. Aus seinem Rückgrat erwuchs der „Baum der Ahnen". Seinen Zweigen entsprangen die Vorfahren der Mikronesier, während die mikronesische Inselwelt aus den Baumblüten entstand, die in den Ozean geweht wurden.

Auch im Gedankengut der Indianer Nord- und Südamerikas gedeiht der Riesenbaum. Eine Tlingit-Sage berichtet von dem Häuptling Wakiash, der den ersten Totempfahl aufgestellt hat. „Sie nannten den Totem-Baum ‚Kalakuyuwish', das heißt: Der Baum, der das Himmelsgewölbe stützt."

In ähnlichem Sinne wird in einem Märchen aus Hawaii von einem ganz besonderen Baum berichtet, der so riesig war, dass er dem Himmel als Stütze diente, bis dieser sie nicht mehr brauchte. Obwohl er also schon seit langer Zeit nicht mehr existiert, wird sein einstiger Standort noch heute genau lokalisiert, und zwar dort, wo Honolulu, die Hauptstadt Hawaiis, liegt. Für die Maya, die ihre Hochkultur vor 1200 Jahren hatten, war der Kopok-Baum der Lebensbaum, der die Unterwelt mit dem Himmel verband.

Die in Guayana lebenden Warrau-Indianer glauben, dass sie nur durch einen Zufall auf die Erde gelangt seien. Ursprünglich hatte ihnen der Gott Kononatoo („unser Schöpfer") den Himmel als Heimat bestimmt. Der Jäger Okonorote entdeckte jedoch ein Loch in der unteren Himmelsschicht. Über die Äste eines Baumes, der hindurchragte, kletterte er zur Erde hinab. Neugierig geworden, folgten ihm die übrigen Himmelsbewohner. Dabei blieb eine beleibte Frau in dem Loch stecken und versperrte ihnen für immer den Rückweg.

Im Sinnbild des Yuccabaumes trauern die Azteken ihrem verlorenen Paradies Colhuacán („Land des gebrochenen Baumes") nach. In den mexikanischen Bilderschriften ist der „brechende Baum" Hieroglyphe und Symbol für Tamouanchan, das „verlorene Paradies", aus dem alle Götter vertrieben wurden, als sie „Blumen und Zweige abbrachen".

Bei den Maya von Yucatan heißt der Himmelsbaum Yax che, doch für sie ist er nicht Sinnbild der verlorenen, sondern der künftigen Heimat aller Lebewesen: Er ist der „Baum des Totenreiches", in dessen Schatten einmal allesamt ruhen und ewige Beschaulichkeit genießen werden.

Und auch auf dem Fünften Kontinent bleibt die Suche nach dem Weltenbaum nicht ergebnislos. In den Felsbildern des Kimberly-Distrikts sind die Urzeitwesen aus der „Traumzeit" festgehalten. Zu ihnen gehört Wondjina, der als Wolken- und Regengeist auf dem Weltenbaum liegt und von dort aus den Kreislauf der Natur immer wieder neu belebt.

## Die gefiederten Himmelsgefährten

In den Mythen der einzelnen Völker ist der Himmel nicht allein die Sphäre des Lichtes, sondern auch die des Windes und des Feuers. Besonders auffallend ist dabei die Rolle, die einzelnen Vogelarten zugedacht wird, denn überall auf der Welt gelten die Vögel als Verkörperung des lichten Prinzips. Ihr Höhenflug und die damit verbundene unmittelbare Nähe zu den Elementen Licht, Luft und Feuer mag den Anlass dazu gegeben haben, sie als Lichtboten, als Sturmvögel oder als Hüter des Feuers anzusehen.

So machte sich einst Kuat, der Sonnengott der Mamaiuran in Brasilien, auf den Weg, um dem Geiergott Urubutsin, dem König aller Vögel, das Licht abspenstig zu machen. Fast identisch klingt die Version der brasilianischen Kuikura-Indianer, deren Schöpfergott Kanasse den Geiergott überlistete, um die Menschen am Besitz des Feuers teilhaben zu lassen.

Zumeist ist nur ganz allgemein von einem Vogel oder einer Vogelschar die Rede, doch einige Exemplare treten aus der Anonymität heraus und geben selber ihren Namen kund. „Vac" wird bei den Quiche-Indianern der Sperber nach seinem Schrei genannt. Der mexikanische Truthahn, der den Tag mit „Tau Tau" ankündigt, wird ebenfalls nach seinem Ruf genannt, und „Tau" wiederum ist gleichzeitig das Huicholwort für „Sonne".

In Indien verkörpert der Hahn die Sonnenenergie, in Japan den Gesang der Götter; in der nordischen Sagenwelt ist er das Sinnbild der Wachsamkeit und darüber hinaus gilt er weithin als Verkünder des anbrechenden Tages. Das jedoch tut er in der jeweiligen, landeseigenen Sprache. In einem Südseemärchen klingt sein Morgenruf nicht „Kikeriki", sondern „Gurgurgaga".

Ein Vogel hatte sogar Einfluss auf die Sprache der Menschen, so jedenfalls wissen es die Hopi-Indianer von ihren Vorfahren: Als zu Beginn des Erdenlebens die Menschen aus ihrer Urheimat, der Unterwelt, hervorkamen, saß dicht neben der Öffnung zur Erde die Spottdrossel (in der Hopi-Sprache Yapa genannt) und stimmte eine große Anzahl Gesänge an, so wie sie heute noch bei dem kultischen Wöwötschim-Fest erklingen. Sobald die Menschen in der Öffnung auftauchten, wies die Spottdrossel ihnen ihre neue Heimstatt an und gab ihnen ihre Sprachen. Zu dem einen sagte sie etwa: „Du sollst ein Hopi sein und soundso reden"; zu einem anderen: „Du sollst ein Navajo sein und soundso reden"; zu einem dritten und vierten: „Du sollst ein Apatsche sein und du ein Mohave", und so fuhr sie fort, denn in der Unterwelt hatten sie alle dieselbe Sprache gesprochen.

Eine der faszinierendsten Vogel-Legenden bildet den Abschluss eines polynesischen Heldenzyklus, der sich mit etwa zwanzig Geschichten um die Trickster-Gestalt Maui rankt.

Maui, der sich nach vielen Abenteuern für unbesiegbar hielt, wollte seine Ahnin, die große Frau Nacht, überlisten. Allen Vögeln, die ihn begleiteten, gab er die Anweisung, erst dann zu jubilieren, wenn er sich durch deren Rachen gekämpft hatte. Alle Vögel schwiegen, nur Tiwakawaka, der kleine Fliegenschnäpper, lachte, als Maui sich dem am Horizont schlafenden Ungeheuer näherte. Die Alte erwachte und tötete Maui.

Wenn auch Mauis wagemutiges Abenteuer verschieden gedeutet wird – einmal als Nachahmung des Sonnenlaufes, zum anderen als Kampf mit der Göttin des Todes, um Unsterblichkeit zu gewinnen –, so bleibt die Genauigkeit in der Naturbeobachtung umso beeindruckender. Denn durch die Forschung (E. B. Tylor, Die Anfänge der Kultur, 1873) ist belegt, dass der Fliegenschnäpper der einzige Vogel auf Neuseeland ist, der seinen Ruf „Tiwakawaka" nur bei Sonnenuntergang ertönen lässt.

Die Gleichsetzung von Vögeln mit dem Sonnenaufgang und der Morgenröte aufgrund ihres leuchtenden Gefieders tritt besonders in den südamerikanischen Mythen hervor. So nimmt es nicht wunder, dass deren Hauptgötter, die solaren Charakter haben, im Gewand aus Ara- oder Kolibrifedern, aus Quetzal-, Topial- oder Löffelreiherfedern auftraten. Denken wir nur an die berühmte Federkrone im Museum für Völkerkunde in Wien, allgemein bekannt als „Federkrone des Moctezuma", deren Herkunft zwar nicht gesichert ist, die aber, wenn schon nicht von dem mächtigen Aztekenherrscher Moctezuma II. (1466–1520) selbst, so jedenfalls von einem hochrangigen Häuptling dieses Volkes zur Zeit der spanischen Eroberer stammt.

Nicht gar so leuchtend und farbenprächtig wie seine südamerikanischen Artgenossen, dafür aber umso schillernder in seinen vielfältigen Aktionen gibt sich der Rabe als Sagengestalt. Der Rabe ist der Hauptheld in den Sagen und Märchen aller Küstenstämme des nördlichen Stillen Ozeans von Kamtschatka bis Vancouver.

Als „Kutkinnáku" (Großrabe) wird er in Asien vor allem im Erzählgut der Tschuktschen und Korjaken in Sibirien erwähnt und als Heilsbringer gefeiert, der die Menschen im Jagen und Fischfangen unterrichtete und ihnen den Feuerbohrer schenkte.

Sehr ähnlich lautet der Inhalt einer Sage der Tlingit-Indianer über ihren Schöpfergott in Rabengestalt, genannt Yehl oder Yetl, der Sonne und Mond an das Firmament setzte und den Menschen das Feuer brachte.

Von den Haida-Indianern aus dem kanadischen Britisch-Kolumbien stammt ein ganzer Heldenzyklus mit der Hauptgestalt des Raben. Darin wird von dem Schöpfergott Sha-lana berichtet, der vor Beginn aller Zeiten Herrscher eines hoch über den Wolken gelegenen Reiches war, unter dem sich das Urmeer erstreckte. Sein erster Diener war Raven, der Rabe, den er aus dem Himmel warf, als er seiner nicht mehr bedurfte. Aus Angst zu ertrinken schlug Raven so lange mit den Flügeln wild um sich, bis aus dem Urmeer Land erwuchs. Daraufhin erschuf er die Menschen und stahl für sie einen Feuerstab.

Diese auffallenden Übereinstimmungen zwischen den Sagen aus dem asiatischen und dem nordamerikanischen Raum sprechen für die Annahme von Wissenschaftlern, wonach die Vorfahren der Indianer um etwa 10.000 v. Chr. während der letzten Periode der Vereisung über eine zeitweise existierende Landbrücke aus Sibirien gekommen waren.

Ein restliches Überbleibsel aus dieser Zeit ist die „Insel der Geisterbären“, wie Princess Royal Island vor der Westküste von Kanada genannt wird und mit der sich ein TV-Film aus dem Jahre 1996 befasste. Er zeigte eine Wildnis, die sich seit der letzten Eiszeit nicht verändert hat und die nie von Menschen besiedelt war. Bis die ersten Holzfäller vor wenigen Jahren die Insel heimsuchten, galt dort noch uneingeschränkt die Herrschaft von „Raven“.

## Im Myhtennetz der Spinnenfrau

Zu den interessantesten Gestalten, die als Heilsbringer in den Mythen Nordamerikas eine vielfältige Rolle spielen, gehört Spider Woman, die Spinnenfrau. Ob nun als Spinnentier oder als alte Frau, immer gilt sie als Symbolfigur der Weisheit.

Im Schöpfungsbericht der Pima-Indianer heißt es: „Da schuf der Erddoktor (gleichbedeutend mit Schamane) eine graue Spinne, die Netze weben musste, um die Kanten von Himmel und Erde miteinander zu verbinden. Jetzt erst war die Erde fest und dauerhaft.“

Diese uralte Naturbeobachtung erfährt neuerdings eine wissenschaftliche Bestätigung. In einem dpa-Bericht vom 26.7.1996 über das Geheimnis von Spinnenfäden ist zu lesen: „Die nur wenige Tausendstel Millimeter dünnen Webfädchen besitzen nicht nur eine höhere Festigkeit als vergleichbar dünne Stahldrähte, sondern auch die hohe Elastizität von Gummi und Kautschuk ... Die Herstellung von Spinnenfäden im Labor würde der Wirtschaft ungeahnte Möglichkeiten erschließen.“

Doch der Spider Women werden noch ganz andere Fähigkeiten zugesprochen.

In einer Hopi-Legende verkörpert die Spinnenfrau den wachsamen Geist bei der Verteilung der Sprachen durch die Spottdrossel, von der bereits die Rede war: „Auch die Spinnenfrau saß dabei“ (nämlich neben der Öffnung von der Unterwelt zur Erde) „und hatte ein Auge auf alles, was vor sich ging.“

Bei den Navajo-Indianern im Südwesten Amerikas gibt es den Heldenzyklus um die legendären Brüder Nayenezgani und Tobazistsini, die während ihrer Reise zum Sonnengott auf die Spinnenfrau Nate Estsan treffen. Von ihr werden sie vor den vier drohenden Gefahren auf dem Weg dorthin gewarnt. Zum Schutz gibt sie den Brüdern zwei magische Federn mit, die sich als sehr hilfreich erweisen. Auch die Azteken und Inka kennen derartige Spinnengestalten. Es handelt sich um zwar unheimlich wirkende, doch zumeist gutwillige Geisterwesen, die Ratlosen und Gefährdeten beistehen, ihnen Zaubergegenstände mitgeben und sich dadurch als Schicksalslenkerinnen erweisen.

Nach dem Glauben der Karoliner in der Südsee spinnt eine Frau den Lebensfaden und eine andere schneidet ihn auf Geheiß des Großen Geistes Eluelap ab. Spätestens an dieser Stelle ist das Stichwort „Schicksalsgöttin“ gegeben, das die geheimnisvolle Spider Woman enttarnt und unversehens in einen weitläufigen Verwandtschaftskreis rückt. Der Name „Klotho“ der griechischen Mythologie, der eine der drei Moiren, also der Schicksalgöttinnen bezeichnet, ist gleichbedeutend mit „Spinnerin“. Dargestellt werden die Moiren als alte Frauen, die den Lebensfaden der Menschen in den Händen halten: Klotho spinnt ihn, Lachesis misst ihn und Atropos schneidet ihn ab.

Ein fast identisches Bild hält die germanische Mythologie bereit. Die drei Nornen und Schicksalsgöttinnen Urd (Vergangenheit), Verdandi (Gegenwart) und Skuld (Zukunft) halten die Lebensfäden der Menschheit in der Hand. Ihren Wohnsitz haben sie an einer Quelle, mit deren Wasser sie den Weltenbaum Yggdrasil pflegen.

Gleich mehrere legendäre Motive vermischen sich in einer Sage der Skidi-Pawnee-Indianer. Deren Spinnenfrau wohnt nicht am Rande der Welt, wo sie von den Hopi-Indianern angesiedelt wurde, sondern ist eine Tochter des Mondes. Sie gilt als Schutzgeist, der den Menschen wohl gesonnen ist, indem er ihnen Saatkorn schenkt, die Quellen hütet und sie vor der vernichtenden Flut bewahrt.

Im Unterschied dazu wissen die Skidi-Pawnee-Indianer aber auch von einer Spinnenfrau zu berichten, die sich als Unhold erweist und ihrer heilbringenden Bestimmung nicht nachkommt. Obwohl der Gott Tirawa ihr Samen zur Verteilung an die Menschen übergab, trug sie eher zu deren Verderb als zu ihrem Gedeihen bei, was Tirawas Missfallen erregte. Er beauftragte Sonne und Mond, ihre beiden Söhne auf die Erde zu schicken, um den Menschen Beistand zu geben. Der Kampf, der zwischen den Brüdern und der Spinnenfrau ausgefochten wird, gleicht einem Singwettstreit. Mit ihrem gewaltigen Schlussgesang locken die Brüder Heuschreckenschwärme herbei, die die Spinnenfrau auf den Mond tragen und dort absetzen. Aissivang, die Spinnenfrau der Ost-Eskimos, wird gleichfalls mit dem Mond in Verbindung gebracht. So gab es schon vorzeiten ein weltumspannendes Internet-System der sagenumwobenen Spinnenfrauen, die nebenbei noch eine Rolle als „Frau im Mond“ spielen.

# Sehnsuchtsziel Mond

Kaum ein anderer Himmelskörper hat die menschliche Phantasie so sehr in seinen Bann gezogen und angeregt wie der Mond. Ob es nun um die einzelnen Mondphasen geht oder um die geheimnisvollen Flecken auf der Mondoberfläche, zu allen Zeiten haben seine Betrachter für die rätselhaften Vorgänge bildstarke Erklärungen gefunden.

Bei der Deutung der Naturphänomene kommt es allerdings nicht nur auf den geistigen, sondern auch auf den geographischen Standpunkt an. In unseren Breitengraden zeigt sich die Mondsichel beispielsweise wechselseitig aufrecht stehend, sodass an deren Form klar ablesbar ist, ob der Mond gerade zu- oder abnimmt.

Als Gegenbeispiel bietet sich Ägypten an, dessen Bewohnern sich die Mondsichel als flach aufliegende „Himmelsbarke" offenbart; an dieser Sichtweise hat sich seit Tut-ench-Am'uns Zeiten nichts geändert.

Einer weiteren Umstellung im Denken bedarf es bei all jenen Mythen und Märchen, in denen die Sonne männlichen und der Mond weiblichen Geschlechtes und Charakters ist. Häufig stehen die beiden als Bruder Sonne und Schwester Mond in einer geschwisterlichen Beziehung zueinander, die zuweilen auf Abwege gerät. Aber auch als Ehepaar kann man ihnen begegnen, das entweder friedfertig gestimmt oder einander feindlich gesonnen ist. Letzteres musste die Inkagöttin Mama Quilla (Mutter Mond) als Gattin des Sonnenkönigs Inti erfahren. Weil ihr Licht anfänglich heller war als das seinige, streute er ihr aus Missgunst Asche ins Gesicht. Seitdem ist die Mondausstrahlung gedämpfter als der Sonnenschein.

Unter all den Tieren, die dem Mond zugesprochen werden (wie etwa Hund, Wolf, Fuchs, Kojote und Puma), haben Hase oder Kaninchen weltweit den Vorrang. In der unter dem Titel „Pantschatantra" bekannten Sammlung indischer Fabeln und Märchen wird berichtet, wie es dazu kam, dass der Mond als „der mit dem Hasen Versehene" (in der Originalsprache „Çaçin") angesehen wird. Der Sinngehalt dieses Namens geht auf eine buddhistische Legende, eine sogenannte Dschakata, zurück, die bereits in der ersten Hälfte des ersten Jahrtausends v. Chr. aufgezeichnet worden war.

Danach lebten einmal Hase, Fuchs und Affe in Freundschaft zusammen. Um sie auf den Grad ihrer Erleuchtungsgabe zu prüfen, kam der Gott Indra als Greis zu ihnen und bat um Nahrung. Während Fuchs und Affe etwas für ihn heranschaffen konnten, hatte der Hase nichts zu bieten und wurde mit Vorwürfen bedacht. Voller Reue entfachte er ein Feuer und warf sich selbst hinein. In Anerkennung dieser Selbstaufopferung wurde der Hase in den Mond versetzt und damit dem Symbol immerwährender Erneuerung gleichgestellt.

Nicht von ungefähr ist die Figur des Hasen im hiesigen Volksglauben als Sinnbild für das Wiedererwachen der Natur eng mit Ostern, dem christlichen Auferstehungsfest, verbunden. In der Vorstellung der mexikanischen Indianer fungieren der Mond und das Kaninchen Tul gemeinsam als Kalendermacher im Dienste der Menschheit.

Während mit dem Datum vom 20. Juli 1969 das Betreten des Mondes durch die beiden Astronauten Armstrong und Aldrin konkret dokumentiert ist, wird es sich nie einhellig ergründen lassen, wer deren erste Vorläufer und wes Geschlechtes sie waren. Eine Frage, die sich zumindest für die Bewohner von Madagaskar erübrigt, denn für sie wurde gleich das erste weibliche Wesen zur „Frau im Mond“.

In der madagassischen Mythologie ist Andriambahomanana der erste Mann. Sein Schöpfer wartete ab, bis dieser und seine Frau Andriamahilala durch zahlreiche Nachkommen den Fortbestand der Menschheit gesichert hatten. Dann gestattete er den beiden, die von ihnen gewünschte Todesart selbst zu bestimmen. Der Mann ließ sich in eine Bananenstaude verwandeln, die Frau aber wünschte sich auf den Mond, in der Hoffnung, an dessen ständiger Erneuerung teilhaben zu dürfen. In dem Wunsch, Unsterblichkeit zu erlangen, findet hier das ursprünglichste aller menschlichen Sehnsuchtsziele seinen Ausdruck.

Während die Sonne ihrer sengenden Glut wegen von Erdbewohnern als wenig verlockendes Ziel angesehen wurde, stellte der Mond ein außerordentlich beliebtes Territorium zur Besiedelung mit Phantasiegestalten dar. Für den viel zitierten „Mann im Mond“ wurde er jedoch eher zum Ort der Verbannung, denn seine Versetzung dorthin steht zumeist im Zusammenhang mit einer Freveltat, bei der der Mond strafende Gerechtigkeit ausübt. Mitleid hingegen zeigt der Mond bei Kindern und Frauen, deren Schicksal ihn erbarmt.

Die einzelnen Zeilen in dem Gedicht von Li Tai-Po (Seite 133) – auch Li Tai-pe oder Li–Po genannt – sind ein schlüssiger Beweis dafür, dass die Phantasiebilder der beiden vorangegangenen Märchen („Der Zimtbaum im Mond“, „Die Mondfee“) in China bereits zu Anfang des 8. Jahrhunderts n. Chr. zum überlieferten Erzählgut gehörten. Zwar ist einmal vom Zimtbaum und das andere Mal von dessen Artverwandten, dem Kassiabaum, die Rede, wesentlich jedoch ist das Bild des „Mannes im Mond“. Der Drache als Lichträuber spielt eine ebenso wichtige Rolle wie der Hase. Die „neun Vögel“ sind eine dichterische Umschreibung für die neun falschen Sonnen, die der Schütze Hou I herabschießt.

Das bei den sibirischen Jakuten und den ostfinnischen Wotjaken in jeweils abgewandelter Form vorkommende Motiv vom Mädchen, das den Mond erbarmte, hat seinen Ursprung in der nordischen Edda-Sammlung. Dort sind es die beiden Geschwister „Hjuki und Bil“, die der Mond nach ihrem Sturz in den Brunnen erlöst und zu sich holt. („Die Mondkinder“, Seite 121)

Über den ganzen polynesischen Inselbereich verbreitet ist ein ebenfalls mehrfach abgewandeltes Thema. In dessen Mittelpunkt steht der Mond als Refugium für Mädchen- und Frauengestalten, deren Name genauso variabel ist, aber immer dasselbe bedeutet. Das dem lateinischen „luna“ entsprechende Synonym für „Mond“ lautet auf Neuseeland Rona, auf Samoa Sina oder Ina und auf Hawaii Hina.

Bei den Maori, also den Ureinwohnern Neuseelands, gilt Hina als die erste Frau auf der Welt. Mythologischer Ausgangspunkt dürfte hier die Legende um die gleichnamige polynesische Mondgöttin gewesen sein, die im Mond das Tapatuch ausklopft. („Nina, die Frau im Mond“, Seite 135)

Wer denkt bei der tapatuchklopfenden Hina nicht unwillkürlich an unsere „Frau Holle“, die vom Himmel aus die Betten schüttelt? Als die Brüder Grimm dieses Märchen in ihre Sammlung aufnahmen, kannten sie zwar dessen Herkunft aus der französischen Märchentradition – bekannt geworden durch Charles Perraults „Ma Mère L'Oie" (Geschichten meiner Mutter Gans) –, wohl aber kaum den weit verzweigten Stamm der Märchenfigur selbst. Deren Wurzeln reichen zurück bis in die germanische Mythologie mit den drei weiblichen Schutzgottheiten, die der höchsten Göttin Frigga (auch Freia) verbunden waren: Ostara, Berchta oder Perchta sowie Huldra oder Holda. Als Hludana treten sie in der Edda auf, und sie alle gehören zu dem Geistervolk der mütterlichen Hullefrauen, aus dem nur die Frau Holle überlebt hat.

Dass Frau Holle auf einer Gans durch die Lüfte fliegen oder sich selbst in eine Gans verwandeln konnte, blieb uns in den Grimm'schen Märchen vorenthalten. Und gerade diese Fähigkeit teilt Frau Holle mit der griechischen Göttin Nemesis, die in Gansgestalt ein goldenes Ei legte. Von ihr als der Hüterin von Gut und Böse führt der Weg unmittelbar zurück in den ägyptischen Urschlamm – dem primitivsten Bild der Mutter Erde –, der ebenfalls ein goldenes Ei hervorgebracht hat.

So wie einst die mythischen Frauengestalten ihre göttliche Erhabenheit abgestreift haben und zu populären Märchenfiguren wurden, so verlor auch das Denkbild von der „Frau im Mond" allmählich seinen legendären Bezug und landete schließlich in der Welt ihrer weitläufigen Anverwandten, der Welt von „Frau Luna" oder von „Mother Goose", einer Nachkommin der französischen „Mère L'Oie".

Im Lande von „Mother Goose" kann man auch der „Frau im Mond" wieder begegnen. In einer modernen Bildfassung wird sie per Rakete von ihrem Ehemann gesucht. Dessen Klageruf hört sich in Deutsch etwa so an:

> Samstagnacht hab ich mein Weib verlor'n
> und wo – meint ihr – fand ich sie wieder?
> Auf dem Mond saß sie voll Ruh,
> sang zur Laute ihre Lieder
> und die Sterne hörten zu.

# Quellennachweis

Die Sammlung stützt sich vorwiegend auf Werke jener Forscher der Vergangenheit, die es sich zum Leitmotiv ihrer Arbeit gemacht hatten, in fernen Ländern unter fremden Völkern zu leben und an deren Erzählgut teilzuhaben, um es zu übertragen und weiterzuvermitteln.

Die hauptsächlich zu erwähnenden Namen sind: Leo Frobenius, Bernhard Hagen, Paul Hambruch, Walter Krickeberg, Gunnar Landtmann, Leslie Mile und J. R. Swanton.

Aus anderen Sammlungen übernommene Texte:

„Der himmlische Schmied und der Sänger", „Wie Spe-ow mit der Sonne herumwarf", „Der Schakal und das Sonnenschaf", „Wie die Vögel den Himmel hoben und wie die Nacht geboren wurde" – alle aus: Serych, Jiri: *Wo der Regenbogen endet,* Verlag Werner Dausien, Hanau/M. 1977. Abdruck mit freundlicher Genehmigung.

„Kalendertage, die der Mond bestimmt" (Der jüdische Kalender) aus: Pawlat, Leo: *Jüdische Märchen.* Ins Deutsche übertragen von H. Weisová-Tomonova. Verlag Werner Dausien, Hanau/M. 1985. Abdruck mit freundlicher Genehmigung.

„Die geheimnisvollen Nordlichter", „Weshalb Sonne und Mond auseinander gerieten" aus: Crane, Warren E.: *Indianer Märchen,* Werner Classen Verlag, Zürich 1948. Abdruck mit freundlicher Genehmigung.

„Die Mondfee" aus: *Chinesische Märchen.* Übertragen von Richard Wilhelm, Eugen Diederichs Verlag, Düsseldorf 1955. Abdruck mit freundlicher Genehmigung.

„Von den sechs Welten und ihren Geschöpfen" aus: Inge Dreeken und Werner Schneider: *Die schönsten Tiersagen der Welt.* 1978 Südwest Verlag München. Abdruck mit freundlicher Genehmigung.

„Purupriki und die Flughunde" aus: Charles P. Mountford/Melva Jean Roberts: *Traumzeit.* Geschichten der australischen Ureinwohner. Übersetzt von Rosmarie Schering. Verlag St. Gabriel, Mödling 1987. Abdruck mit freundlicher Genehmigung.

„Antilopes Mutter: Die Frau im Mond" (Antelope's Mother), „Der Streit zwischen Erde und Himmel" (The Quarrel between Ile and Orun) – aus: Courlander, Harold: *Jjapa the tortoise,* Harcourt, Brace & World Inc., New York 1968. Deutsch von Hildegard Krahé.

„Der Ursprung von Sonne und Mond" (How it came that there is a Sun and a Moon), „Wie der Mond zu seinen Flecken kam" (Why the Moon has Scars on her Face) – aus: Belting, Natalia: *The Earth is on a Fish's Back,* Holt, Rinehart & Winston, New York 1965. Deutsch von Hildegard Krahé.

„Der alte Mann und die Astronauten" (The Old Man and the Astronauts). Zuerst erschienen in: Cricket Magazine Vol 2, No. 2, Oct. 1974. © Ruth Tabrah. Deutsch von Hildegard Krahé.

„Phaeton" nach: Schwab, Gustav: *Sagen des klassischen Altertums,* Loewes Verlag Ferdinand Carl, Stuttgart 1925.

In einigen Fällen konnten die Rechtsnachfolger leider nicht ermittelt werden.

Hildegard Krahé

Geboren in Berlin, dort als Diplom-Bibliothekarin und für viele Jahre in Hamburg als Referentin für Kinderliteratur tätig. Arbeitet seit 1963 freiberuflich als Dozentin, Journalistin, Übersetzerin amerikanischer Kinderbücher (Sendak, Steig, Thurber u.a.) sowie Autorin eigener Bücher. 1977 und 1979 Vertreterin der BRD in der Jury der Biennale Bratislava. 1984 Auszeichnung mit dem Volkacher Taler. Lebt jetzt in Traunstein/Oberbayern.

Karen Holländer

Geboren 1964 in Tübingen. Nach dem Abitur Besuch der Graphik-Schule Peninghen, Paris, anschließend Aufnahme in die Meisterklasse Prof. Hausner, Akademie der bildenden Künste, Wien, 1989 Diplom. Seither freischaffende Malerin und Illustratorin, u.a. Illustrationen zu „Wolfssaga" und „Die Stimme des Donnervogels" von Käthe Recheis. Sie ist verheiratet, hat eine Tochter und lebt mit ihrer Familie in Wien.